「一郎、さん……」

「あんたに名前を呼ばれると、そそられるな。ほら、俺のも握るんだ」

促され、一郎の中心にそっと手を伸ばした。　（本文より）

カバー絵・口絵・本文イラスト■和鐵屋《わがねや》匠《たくみ》

BBN
B●BOY
NOVELS

ろくでなし

中原一也

この物語はフィクションであり、実在の人物・
団体・事件等とは、いっさい関係ありません。

CONTENTS

うそつき

カモだ。

惣流空《そうりゅうそら》は、コンビニの前でたむろしているヤンキーたちに目を留めた。

寒空の下、出入りする客たちを品定めするように五人の少年がうんこ座りで頑張っている。そんなに粋《いき》がってなんの得があるのか空にはわからないが、貴重な資金源だ。存分にやってくれと心の中でほくそ笑みながら、わざと少年たちを避けるようにして歩いた。

そして狙い通り、声をかけられる。

「おい。そこの女顔の奴」

ふざけた口調で空を呼び止めたのは、痩《や》せた金髪の少年だった。耳と鼻にピアスが一つずつ光っている。ニキビ面には似合わないが、本人はどうやら決まっていると思っているらしい。

「あの……僕ですか?」

おどおどとした態度で返事をすると、少年たちは互いに顔を見合わせてニヤリと笑い、立ち上がって空を取り囲んだ。歳は同じくらいのようだが、空がひと回り小さく見える。

十六歳にしては細身の躰《からだ》。骨格はまだ完成されておらず、変装をすれば双子の妹・桃子《ももこ》にいとも簡単になり済ますことのできる空は、少年たちの目には格好のターゲットに映ったに違いない。肌も髪の毛も色素が薄いせいか、黙っていれば儚《はかな》げに見える。その中にどんな極悪非道な悪魔が隠れているかも知らず、自ら虎穴《こけつ》の中に入るような真似をする少年たちに空はほくそ笑み、促《うなが》されるまま人気のない裏道へと連れて行かれた。

逃げ道はない。しかしそれは、願ってもない状況である。

「ちょっと金貸してくんねーかなぁ」

カツアゲ少年の常套句《じょうとうく》を放つオレンジのツンツン頭を見上げ、空は小さな声で言った。

「あの……持ってないんです」

「はぁ？　そんなわけあるか。じゃあこれなんだよ？」

「あ……っ」

ポケットから財布を抜き取られたかと思うと、中身を全部取られる。

「か、返してください」

「なんだ、これっぽっちかよ。シケてんな。まだ持ってんじゃねぇのか？」

「それで全部なんです。本当です」

「じゃあ、ちょっと跳んでみな」

ポケットの小銭を確かめようとする少年に肘《ひじ》で急《せ》かされた空は、仕方なくといった態度で跳んでみせた。すると、チャラチャラと音がする。

「なぁ～んだよ、まだ持ってんじゃねぇか。嘘はいけないなぁ、嘘は」

馴《な》れ馴れしく空の肩に手を回したのは、この中で一番喧嘩《けんか》の強そうな少年だ。空より十五センチほど背は高く、人相も悪い。猫撫《ねこな》で声とわざとらしいスキンシップは、遠目にチラリと見ただけなら友達同士で仲良くつるんでいるようにも見える。

慣れを感じた。

自分の脅《おど》しが効いたと思ったようで、少年は満足げに笑い、空のズボンのポケットに手を突っ込んでくる。

「やめてください」

「うるせーっ！」

恫喝《どうかつ》。

ここまでされれば、もういいだろう――空は自分の中で、少年たちに合格点をやる。ターゲットにしていいのは、多少痛い目を見せたほうがいいような一定のレベルをクリアした人間だ。

「素直に出しゃ……、――うご……っ！」

言い終わらないうちに、自ら『炎の鉄拳《てっけん》』と命名した空の拳《こぶし》が、少年の顔面にクリーンヒットした。


空は、母親のいない九人家族の次男だ。八人いる兄弟たちのうちの半分が腹違いで、下四人の兄弟たちはそれぞれ違う母親なのだから、いかに女癖の悪い父親なのかがわかる。

上から二十三歳になる長女の桜《さくら》、十九歳で長男の陸《りく》、二女の桃子は空の双子の妹で高校二年生だが、早生まれのためまだ十七歳の誕生日を迎えていない。続いて十一歳の大地《だいち》、五歳の太陽《たいよう》、四歳の月《つき》、三歳の楓《かえで》というのが、惣流家の子供たちの顔ぶれだ。

空の母親を病で亡くした一郎《いちろう》は、三回忌が終わるまでは真面目に一人を貫いていたが、それからは自由奔放《ほんぽう》、やりたい放題。しかも、大雑把《おおざっぱ》でいい加減という三拍子揃った不良親父となった。貧乏で他人の世話などしている余裕はないというのに、母親に置きざりにされた近所の子供が夕食の膳を囲んでいても気にしないし、当然のように一緒に風呂に入り、当然のように一緒に寝る。もしかしたら、子供が多くて一人増えたくらいでは気がついていないのかもしれない。なりゆきで道端で男に暴力を振るわれていた女を助けて家に連れてきた挙句《あげく》、子供を置いて逃亡されるようなこともあった。長男の陸は、そんな父親をロクデナシと言う。

しかし、空は一郎が大好きだ。

確かにあちこちで女を作ったが、子供たちに対する愛情は人一倍だ。長男の陸とは殴り合いばかりしているが、それも空から見たら少し乱暴なスキンシップでしかない。

そして何より、母親似の自分が受け継ぐことのできなかった一郎の野性的で逞《たくま》しいところが憧れであり、理想でもあるのだ。

実業団でラグビーをしており、仕事もブルーカラーと言われるものばかりをしてきたせいか、生まれ持った長身もさることながら鍛《きた》え上げられた躰はモデル並に引き締まり、それが羨《うらや》ましくてならない。咥《くわ》えタバコと不精髭《ひげ》が似合う一郎のようなカッコいい大人になりたいと、空はいつも思っている。

見た目はまだまだ一郎に及ばないが、それでも滅茶苦茶《めちゃくちゃ》な父親に育てられてきたせいか、自分でも逞しく育ったと自負していた。なんでも自由に買えるほど家計は楽ではないため、そこにある物を改造したりして工夫をしなければならないが、そういった積み重ねが空を用意周到にされないと何一つできない軟弱な若者にしなかった。友人にはよく、サバイバル向きだと言われる。

また、数人を相手に喧嘩をして勝てるだけの強さがあるのも、子供の頃からプロレスごっこで鍛えてくれた一郎のおかげだ。

確かに貧乏子沢山だが、空は一郎の息子に生まれてきたことを誇りに思っている。


「で？　さっきなんつったっけ？」

空は、カツアゲ少年たちを目の前に立たせ、自分はブロックの上に座っていた。少年たちの顔面は見事なまでにボコボコに腫《は》れ上がっており、見るも無残な姿になっている。

もちろん、これをやったのは空だ。

「ふ、ふみまへん」

涙ながらに謝罪するリーダー格の少年は、先ほどの態度はどこへやら。借りてきた猫のように背中を丸めて立っていた。

「金、もっと持ってんだろ？」

「もっ、もっれまへん」

「じゃあ、跳んでみな」

先ほど言われた台詞《せりふ》をそっくりそのまま返してやると、案の定、ポケットの中で小銭がジャラジャラと音を立てて気前よくその存在をアピールする。持ってけ泥棒。

無言で自分たちを見上げる空に、ピアス野郎が震え上がった。

「嘘ついてんじゃねぇぞ」

「ふ、ふみまへん……っ」

わざと聞こえるように舌打ちし、不機嫌そうに顔をしかめながら爪を噛んでチラリと視線を上げる。こういう仕草が効くことも、空はよく知っている。

「お前ら、許して欲しいならドッグフードと猫のおやつを買ってこい」

「へ……？」

「ホームセンター行って、犬の餌と猫のおやつを買ってこいって言ってんだよ。二十分以内だぞ。それから金髪は残れ」

俺ですか、と自分を指さす少年に近くに来るよう目で威圧すると、少年は自分が人質なのだとすぐにわかったようで、仲間に縋《すが》るような目を向けた。頼むから裏切らないでくれよ……、という声が聞こえてきそうだ。

「お前ら、逃げたらこいつがどうなるかわかってんだろうなぁ」

ドスを利《き》かせて言う空に震え上がった仲間たちは、何度も頷《うなず》いてからそそくさとホームセンターへと向かう。

問題は声質じゃない。言い方が大事なのだ。

金髪と二人きりになった空は、人質に向かってこっちに来いと顎《あご》をしゃくり、コンビニの中へと入っていった。

「お前らさ、いつもあんなことやってんの？」

「やっれまへん」

「嘘つけ。慣れてたじゃん」

言いながらリュックの中から出したチラシを取り出し、金髪に手渡す。

「これ、五十枚コピーしとけ」

「えっと……なんですか？」

「チラシ。ペット探偵やってんだよ。チラシは重要だからな。俺の買い物が終わるまでにやっとかねーと苛《いじ》めるぞ」

そう言い残して、空はお菓子売り場をブラリと回り始めた。弟たちに二十円の駄菓子を二つずつと、自分用のチョコがひと箱。会計をしているところで、手に紙の束を持って金髪がやってくる。

「終わったか？」

「は、はい」

時計で時間を確認してから、空は金髪とともにコンビニの外に出た。残りあと二十分。

暖かいところから出てきたせいかブルッと躰が震え、空はマフラーに顔を埋めた。そして、駐車場の隅まで行ってブロックに腰を下ろす。冷気が尻から伝わってくるが、すぐにそれも消えてなくなった。

「今度から、相手見てカツアゲしろよ」

「はい。本当にふみまへん」

「わかったならいいよ。あ、お前も喰《く》う？」

空は、チョコを口に放り込みながらその箱を差し出してやった。

どんな相手でも、多少の慈悲《じひ》はかけてやらなければいけない。これも一郎の教えだ。

しかし、その優しさが逆に恐ろしかったようで、ますます畏縮《いしゅく》して涙目になる。泣くくらいなら、はじめからカツアゲなんかしなければいいのにと思うが、集団になると自分が強くなったと錯覚《さっかく》する人間も多い。そしてそのうち人数ではフォローできない相手に遭遇し、死ぬほど後悔するのだ。

ところが、金髪は話しているうちに空がもう危害を加えるつもりはないとわかったらしく、もう一度お菓子を勧めるとペコペコと何度も頭を下げながら箱に手を入れ始めた。そして、今度は自分から話しかけてくる。

調子のいい奴である。

「あの、ペット探偵なんて、すごいっすれ」

「そうか？　うち貧乏だし、弟たちの世話もあるからバイトできねぇんだよ。単発とかだったらできるんだけどな」

「へぇ。苦労してるんっすね」

「そうでもねぇよ。仕事楽しいし」

話していると、金髪の目に次第に尊敬の色が浮かび始めてくるではないか。

弟たちの世話。母親がいない家庭では、自分で自分のことをするのが普通だ。当然のように母親に洗濯をしてもらえるのが幸せなことだなんて思っていなかったらしい。

「俺、自分のパンツ洗ったことないっす」

「お袋いるんだったら、世話になっときゃいいんじゃねぇの？　……ん？　何？」

パンツも洗ったことのない自分を子供扱いされて笑われるとでも思っていたのか、金髪は意外そうな顔で空をじっと見つめた。完全に空を見る目が変わっている。

「俺、ガキで恥ずかしいっす。あの、名前聞いてもいいれすか？　俺、加藤正嗣《かとうまさし》れす」

「惣流空。空でいいよ」

「空さんってすごいっす。喧嘩も強いし」

「ああ、喧嘩？　子供の頃に親父に鍛えられたからな。滅茶苦茶強いから、今は本気でやり合ったりしないけど、兄貴と親父のバトルなんか……、あ。帰ってきたぞ」

通りのほうから息を切らせて走ってくるメロスたちの姿が目に入り、空は金髪の肩を軽く叩いた。どうやら、友達を見捨てるようなクズではなかったようだ。

「いい友達持ったみたいだな」

「は、はい」

少し自慢げに笑う金髪に笑みを返し、少年たちから買い物袋を受け取って中を確認した。

「こ、これでいいですか？」

緊張した態度に、もうちょっと苛めてやろうかなんて考えが一瞬浮かんだが、何やら視線を感じて反対の通りに目をやった。すると、見憶《みおぼ》えのある男の姿があるのに気づく。

どうやら、ずっと空のことを見ていたらしい……。目が合うと「しまった」という顔をして目を逸《そ》らす。

しかし、バッチリ見てしまった。

「よっ、先生っ！」

空の声を聞くなりびくっとして早足で立ち去ろうとするが、ここで逃がすつもりはない。

「ああ、これでいいよ。もう二度とカツアゲなんかすんなよ。じゃあ、またな」

すみませんでしたっ、という声を背中に浴びながら、空は軽い身のこなしでガードレールを飛び越えて道路を渡った。

ターゲットはまだ俯《うつむ》いたままだ。

あくまでも無視を続けるつもりらしく、そんな態度に悪戯心《いたずら》が湧いてきて、空は男の行く手を阻《はば》んだ。どうやって苛めてやろう、なんて意地悪な考えが脳裏をよぎる。

「せ〜んせって！」

「そ、空君……っ」

「逃げなくていーじゃん」

「そ、そんな……っ、逃げてなんかっ」

メガネを指で押し上げる男に「嘘つけ」と小さく吐き捨ててやり、空は並んで歩き始めた。

おどおどとした態度はいつものことだ。

この男の名を、志垣俊弥《しがきとしや》という。十歳前後は歳下だろう桃子と間違って空に告白をしたという とんでもない男で、行きつけの動物病院の獣医だ。といっても金を払ったことは一度もなく、ほとんどたかりか追剝《おいはぎ》のごとく餌などをせしめ、保護した猫のワクチン投与やノミ・ダニ駆除などの治療をしてもらっている。

桃子が好きだといっても、女子高生のスカートの中を盗撮するような女子高生マニアではなく、本気で桃子に想いを寄せているようだ。告白をしたのも、単に気持ちを伝えたかっただけという今時めずらしいくらい純粋な男である。

「な、何をしてたんだい？」

「逆カツアゲ」

やっぱり……、という顔をする志垣に、ますます苛め心が湧いてくる。一郎から弱い者苛めはするなと言われてきたが、この男は特別だ。相手が大人だということが、志垣苛めの免罪符《めんざいふ》でもある。

「何？　なんか文句あんの？」

「いえ。ありません」

ちょっと強く言われると、高校生の空にすら思わず敬語が出てしまうほどの臆病者は、なんとか空から逃げようとチャンスを窺《うかが》っていた。しかし、そう簡単に逃がしてやるつもりはない。

「先生、ちょっと頼みがあるんだけど」

「ぼ、僕は忙しいんだ」

「じゃあ、桃子にイケナイことしようとしたの、バラしていいの～？」

「ご、誤解だっ。ぼ、僕はそんな邪《よこしま》な気持ちで桃子さんに告白しようとしたわけじゃあ」

「あー、はいはい。わかったって」

軽い冗談のつもりだったが、本気で否定されるとさすがに仏心が湧いてくる。

「先生、本当に大人？」

「どういう、意味だい……？」

「俺が先生と仲良くしたいって意味」

「――ひ……っ！」

顔を青くする志垣を見て「何が『ひっ』だ」と笑った。

空は他人の顔色を窺って生きているような人間とは気が合わないが、この気の小さな獣医のことはそう嫌いではなかった。空や陸にいつもビクついており、今度は何を言われるんだろうと常に身構えていて、どちらかというとイラつくタイプだ。それなのに、なぜ嫌いになれないのか自分でも不思議でならない。いや、むしろ好きなのかもしれない。

苛めたいという気持ちは、好きな気持ちの表れだということも多いのだから。

「それより頼みがあるんだって。いいからちょっと来いよ」

志垣の手を握って引っ張ると、今度は顔を赤くして慌てた。桃子とそっくりだからか、こういう反応もよく見られるため、わざとやったりする。

(やっぱ先生って、おもしれぇ)

志垣を相手にしていると、小学生の頃、夏休みに資材置き場や重機置き場で遊んだ時の感覚を思い出す。危険だから遊んではいけないと言われていても、子供はその『危険』というやつに心惹《ひ》かれるのだ。『自分はちょっと悪いことをしているんだ』という気持ちが、ワクワクを生む。

空はそんな思いを胸に抱きながら、完全に自分のおもちゃにしている志垣を連れて学校のほうへと歩いていった。


空が志垣を連れてやってきたのは、学校近くにある一軒家だった。高めに作ってあるブロック塀によじ登ると、荒れた庭と汚れた犬小屋が目に入る。人の気配に気づいて尻尾《しっぽ》を振りながら小屋から出てきたのは、ゴールデンレトリバーだ。しかし、毛並は悪くて痩せている。

「ラブッ」

空が勝手につけた名前を呼ぶと、千切《ちぎ》れんばかりに尻尾を振って喜んだ。

ここは空がよく来る場所で、いつも雨戸は閉めきってあり、犬以外、生活臭がまったくない。しかし、近藤《こんどう》という名の中年男が一人住んでいる。空が虐待《ぎゃくたい》オヤジと呼んでいる男だ。

「先生も降りてこいよ。ラブのこと、ちょっと見てやってくんない?」

志垣は恐る恐る塀を越えて中に入り、辺りを見回しながらラブの目の前に膝をついた。そして首の後ろや目、歯や歯茎の状態を見てから腹のほうも手で確かめる。

さすがに獣医だけあって、こういう時の表情は臆病な志垣の顔ではなかった。ラブに対する優しさと真剣さが伝わってくる。

空は、ゴクリと唾《つば》を呑《の》んだ。

「どう？」

「う〜ん。痩せすぎってほどでもないけど、健康状態はあんまりよくないみたいだね。知ってる人の家なのかい？」

「まさか。知り合いだったらこんな扱いさせねぇよ」

空は汚れた皿を水道の水で洗い、先ほど買ってこさせたドッグフードの袋を開けた。かなり空腹のようで、鼻の先がピクピクと動いている。それでも空の許可なく餌に喰いつこうとはせず、尻尾を振りながらじっとお座りをして待っているのがいじらしくてならない。

喰っていいぞ、と言ってやると、ようやく皿に顔を突っ込むようにして食べ始める。

「空君。勝手に餌なんてあげたら、怒られるんじゃないの？」

「そうだな。だから見つかんねぇようにしねーとバット持って追いかけてくるぜ」

「じゃ、じゃあ、危ないじゃないかっ」

先ほどの志垣はどこへやら。再び臆病者の志垣が姿を現した。

「だってよぉ、ここのクソジジィ、犬をほったらかしにしてるんだぜ。これも虐待だよ」

「でも、住居侵入だし」

「あんたなぁ、獣医だろ？　そういうことより動物の心配とかしねーの？」

「だって……」

「じゃあ、先生帰っていいよ」

そう言うが、志垣は空を置いて自分だけ帰ろうとはしない。小心者のくせに、こういうところは意外に頑固というか責任感が強いというか……。志垣などいなくても空は大丈夫だというのに、家の中の様子を気にしてちょっとした物音にビクリとなる。

「外国みたいにアニマルポリスがいればいいのにな。日本じゃ取り締まるの、難しいんだろ？」

「よく知ってるね」

ペットに関する日本の法律は、先進国としてはかなり遅れている。たとえば自分のペットを殺されても過失致死にはならず、器物破損が適用される。つまり、物扱いなのだ。

故意に殺せば動物愛護法違反で逮捕されることもあるが、取り締まる専門の機関がないため立証も難しく、ほとんど機能していないと言える。

「ここの虐待オヤジ、やり方が巧妙なんだよ。餌も時々はやってるんだ。でも、何日も帰ってこない時があるみたいでさ、そん時は鎖に繋《つな》いだまま放置してんだよ」

「空君……」

話しているうちに悔しさが込み上げてきて、空は唇を噛んで黙りこくった。ラブの主人に怒っているというのに、志垣はまるで自分が責められているような顔をしている。八つ当たりをしてしまったかもしれないと、少し後ろめたさを感じた空だったが、謝る前に二人の耳にすごい怒号が飛び込んできた。

「コラァ！　またお前かぁっ！　人んちの犬に何しとるんか、このクソガキがぁ！」

「げ、ヤベェ。先生、逃げるぞ」

ラブの飼い主だ。

空は驚いて固まってしまっている志垣の袖《そで》を引っ張って急かしたが、頭が真っ白になっているようですぐには反応しない。そうこうしている間に、男はいったん玄関の中に入ってから手にバットを持って再び出てくるではないか。

「ほらっ、先生。しっかりしろ！」

「そ、空君っ！」

小心者がやっと我に返るのを見届けてから、空は身軽に壁に飛び乗った。しかし腰でも抜かしたのか、志垣はすぐには登れず、ひぃぃぃぃ……、と言いながら必死で這《は》い上がってくる。手を貸してやり、なんとか男に捕まる前に引き上げるが男も諦《あきら》めない。

「殺すぞっ、クソガキがぁ！」

「早くっ、こっちだ！」

「そ、そ、空、君……っ。待ってくれ！」

時々後ろを振り返り、志垣がついてきているか気にしながら全力疾走した。男は百メートルほど走ったところで体力が尽きたらしく、最後は空たちに向かってバットを投げつける。

アスファルトに金属が叩きつけられる音が辺りに響き渡り、さすがの空も背筋が凍る思いでそれを聞いた。


「はぁ～、びっくりした。先生、大丈夫？」

「こ、怖かった……」

命からがら逃げてきた二人は、公園のベンチに座って休んでいた。走ったおかげで躰は温まり、吐く息が白くなっている。

志垣を見ると、まるでジェイソンにでも追いかけられたような真っ青な顔をしていた。あまりにおかしくて、悪いと思いつつケラケラと笑ってしまう。逃げる時の顔もよかった。

あそこまで盛大に恐怖を貼りつけた顔は、見たことがない。

「あ。そういえばさ、先生この猫知らない？　前にもチラシ貼らせてもらったことあるだろ？　また病院に貼ってよ」

息が整って落ち着きを取り戻すと、空は先ほどコピーさせたチラシを志垣に渡した。黙って受け取り、書かれている内容を真剣に読み始める志垣に満足する。

小心者だが、基本的にいい奴だ。そこが志垣を嫌いにならない理由なのかもしれない。

「迷い猫？」

「そ。前にも頼まれて捜したことあるけど、本格的にペット探偵始めたんだ。いい小遣い稼《かせ》ぎになるんだよ。代理で犬の散歩とかもやってるんだぜ?」

ヤンキーたちに買ってこさせた猫のおやつをリュックから出すと、どこからともなく野良猫たちがぞろぞろと姿を現した。空の周りはあっという間に猫パラダイスだ。

チラシにも使った写真を出し、集まってきた猫たちを相手に聞き込みを開始する。

「なぁ、お前らこいつ知らねぇ? 迷子になったんだって。おいもちゃんって名前。わかる? おいもちゃん」

わかっているのかいないのか、野良たちはおやつを食べ、なくなると躰を擦りつけてお代わりを催促した。志垣は黙って見ている。

空はよくこうして野良猫たちに、迷い猫を捜す手伝いをしてもらうのだ。不思議なもので、知り合いの猫に声をかけられてついていくと、溝の中や軒下でうずくまっていることがある。まるで先導するかのように、迷い猫とともに空のもとへやってきたこともあった。偶然とは思えないほど、野良猫たちに何度も助けられているのだ。実は、かなり本気で野良猫たちのネットワークを信じている。

また、長いこと餌やおやつを与えていると、お礼のつもりか夏場にはトカゲや蟬《せみ》などを空のところに持ってくることも多い。

自由気ままだが義理がたく、そして賢《かしこ》い猫たちが空は大好きだ。

「君はいつもおやつをあげてるのかい?」

「まーね。基本おやつだけど、金ある時は猫缶とかカリカリとか奮発《ふんぱつ》するけどな」

ささみジャーキーの最後の一本を新入りの三毛《みけ》にやると、袋をゴミ箱に捨てた。すると、その陰から顔馴染みの猫が姿を現す。

「お、ボス〜」

少し離れたところに座ったのは、この辺りを仕切っているボス猫だ。壮絶な猫生を送ってきたのか耳の先は千切れて目つきは悪く、毛もボサボサで艶《つや》がない。せっかくの白い毛は薄汚れてグレーに見える。

しかし、筋肉質の躰と精悍《せいかん》な顔つきは人間に媚《こ》びない気高さが感じられた。出会った頃は近づくと必ず威嚇《いかく》されたが、今では機嫌がいい時は撫でさせてくれる。

「ボス。お前も見てくれよ。この猫」

ボスは一度だけ空を見たが、また知らん顔をした。しかし、少しすると『仕方ない』とばかりに寄ってきて写真の匂いを嗅《か》ぐ。

「君は、いろんなところに動物の友達がいるんだね」

「いいだろ？　他にもまだいるぜ〜？」

「感心しないな」

「え？」

「あ、いや……っ」

志垣は慌てて口を噤《つぐ》むが、思わせぶりな態度が癪《しゃく》に障《さわ》って軽くすごんでみせる。

「なんだよ、言えよ」

志垣は迷ったようだが、じっと見ていると観念したようにため息をついた。

「無責任に可愛がるのは簡単だよ」

志垣の言葉に、空は首を傾げた。何を言いたいのか、さっぱりわからない。

「だって腹空かせて可哀想《かわいそう》じゃん。先生は飢えた犬や猫見ても平気なのか？」

「そ、そういう問題じゃないんだよ」

「じゃあどういう問題なんだよ！」

「の、の、野良猫の赤ちゃんは、よくカラスの餌になったりするんだよ。僕の知り合いが、出産途中の猫がカラスに襲われてるところを見たんだ。産んでる傍《そば》からつついて食べてたって。僕が行った時は親猫もつつかれて死んでた。ひどい、有様だった」

「……そういう話すんなよ」

その場面を想像して、ものすごく気分が落ち込んだ。できれば目を逸らしていたい現実だ。可哀想な話なんて聞きたくない。

しかし、志垣はやめようとはしなかった。

眉をひそめ、地面の一点を睨《にら》むようにして自分の考えを口にする。

「カラスは君のような人が餌づけした猫がここに沢山いるってことを、ちゃんと覚えてるんだ。だから、集まってくる。カラスだけじゃない。虐待目的で猫を拾いにくる人間もいる。猫が沢山いる場所には、猫好きな人間だけが集まるんじゃないよ。無責任に餌をやるってのは、不幸な猫を増やすことにもなるんだ。全責任が持てないなら、構うべきじゃない」

志垣が言いたいことが、ようやくわかった。確かに正論だ。特に動物虐待のニュースも増えているることから、野良猫を人間に慣れさせるのは危険なことかもしれない。

しかし、そうはいっても痩せた猫を見ると放っておけない。ジレンマだ。

「じゃ、じゃあ、僕は帰るよ」

強い口調のまま、志垣はベンチから立ち上がった。それを見上げるが、頑《かたく》なに目を合わせようとはしない。

怒ってるな……、と気の小さい男にしてはめずらしい態度に戸惑いを覚える。

「な、先生。チラシ、ちゃんと貼っといてくれよ～」

背中に向かって呼びかけても志垣は一度も振り返らず、一人公園を出て行った。


「にぃ～ちゃ～ん。お腹空《す》いた～」

末っ子の楓と遊んでいた空の袖を、四男の太陽がしきりに引っ張っていた。今日は、空が弟たちの世話をする日になっている。小学五年生の大地が先に学校から帰るため、大地が楓と月と太陽を家に連れ帰り、空が引き継ぐのが決まりだ。

長女の桜は定時であがれる仕事をしているが、買い物などすることは山ほどあるため、家族みんなで協力している。

「なんか喰うか？」

「ラーメンがいい」

「ラーメンか。にーちゃんも喰いたいから一緒に作ろうぜ～」

戸棚の中から味噌味のインスタントラーメンを二つ出し、鍋に湯を沸かし始めた。器《うつわ》にスープの素を入れてから白菜を適当に千切って鍋に投げ込み、沸騰《ふっとう》してきたところで卵と麺《めん》を投入すればあとは待つだけである。

即席麺が茹《ゆ》で上がるまで、箸で時々掻《か》き回しながら、ぼんやりと志垣のことを考える。

『感心しないな』

それは数日前、定期的に野良猫に餌をやる空に対して放たれた言葉だった。考えたこともなかったが、志垣の主張は正論で自分が考えなしだったと思い知らされた。

あんなふうに、志垣が自分に意見するのも初めてだ。しかし、気の弱い男の小さな反逆に対する腹立たしさはなく、どちらかというと驚きのほうが大きかった。志垣を馬鹿にしていたつもりはまったくなかったが、どこかで子分のように思っていたのだろう。

それは、小学生の頃によく連れ回していたクラスメイトを空に思い出させた。金持ちの子だった。

空より小さく、運動が苦手でクラスになかなか馴染めず孤立していた少年で、それが可哀想でよく外に連れ出したものだ。命令すると黙ってついてくる少年は、空の言うことならなんでも聞き、色白だった肌も夏休みに入る頃には随分《ずいぶん》とこんがりとしてきた。少年の母親に「これからも遊んでやってね」と言われたことが、誇りだったのを覚えている。よく二人で怪我もしたが、それも空にとっては楽しい遊びの一環だったのは言うまでもない。

しかし、少年の引っ越しが決まり、前日にさよならを言いに行こうとした空のもとへ別のクラスメイトが手紙を持ってきたのである。

それに書かれた内容は、空を驚愕《きょうがく》させるものだった。

『もうお前の子分じゃない。ザマァミロ。お前なんか大嫌いだ』

それを見た時、自分が嫌がる少年を無理やり連れ回していただけだったことに初めて気づいた。小さな反逆。

あの時のショックは今でも忘れない。

渡そうと思っていた餞別《せんべつ》は、行くアテもなく部屋に放置され、そのうち腐って変な匂いを発して桜に見つかった。

少年が好きだった苺《いちご》のショートケーキ。少ない小遣いで買った。

「――――おわ！」

鍋が吹き零《こぼ》れ、空は慌てて火を消した。少し伸び気味だが、仕方ないとラーメンを器に注ぎ分けてちゃぶ台まで持っていく。ちんまりと座って待っている太陽と月と楓の手に、しっかり子供用フォークが握られているのがおかしい。

「零すなよ～」

子供用の器に入れたラーメンを三人の前に置き、火傷《やけど》をしないよう少し冷ましてから自分も食べ始める。二人が零したりしないよう見ながら自分の腹を満たすことにももう慣れた。小さい子の世話はお手のものだ。

「空ぁ～。なんか友達来てるよ？」

食べ終わる頃、玄関から桃子の声がして、陸は器を流しに置いてすぐにそちらに走った。相手を聞くと、笑うだけで答えない。見ると、ボスが門の前にでん、と座っている。ほとんど動かずにじっとしている姿は置物のようで、空も思わず破顔した。

「おー、どうした？　ボス。こんなところまで来るなんてめずらしいな」

猫の行動範囲はそう広くはない。ボスはもともと学校近くの公園付近を縄張りにしているため、この辺りで姿を見ることは滅多《めった》にないのだ。もしかして……、と預かってきた『おいもちゃん用キャリーバッグ』を取りに行き、急いで外に出る。

「桃子、太陽たちを頼む！」

「ちょっと、あんた今日留守番係でしょ」

「すぐ戻るって！」

空は、ボスの薄汚れた尻を見ながらその後を追った。

辿《たど》り着いたのは、空の家と学校の中間ほどの場所の古びた一軒家だ。敷地の中に入っていき、ボスが座ったところから軒下を覗《のぞ》くと、丸い毛玉のようなものが見える。

キャリーバッグの中から大好物のおやつを出して気を引き、油断をしたところで首根っこを取り押さえて捕獲する。

「よしよしよしよし。怖がるな怖がるな」

間違いなく、空が捜していた迷子の子猫だった。泥まみれになっているが、写真にあるのと同じ鈴のついた首輪をつけており、抱きかかえて迷子札を確認すると子猫の名前と依頼人の携帯番号が書かれてあった。

「一万円ゲット〜ッ」

訪ね猫は、かなり空腹のようで空が抱きかかえても逃げようとしなかった。この数日間、よほど怖い思いをしたのだろう。しがみつくように、爪を出して空の腕を掴《つか》んでいる。

ボスは空がしっかりと猫を捕獲したのを確認すると、ゆっくりと立ち上がって歩き始めた。そして、一度振り返って空のことを見る。

じゃあな、坊主。

そんな声が聞こえてきそうで、空は礼を言って手を振りながら孤高の背中を見送った。

「今からおうちに帰ろうな〜」

おいもちゃんにそう言ってキャリーバッグに入ってもらい、すぐさま家へと向かう。

しかしその時、急ブレーキの音とともにドン、と何かがぶつかる音がした。車は一度停まったようだが、再び急発進したのが聞こえる。嫌な予感がして、空は急いで音のしたほうへと走った。

角を曲がってすぐ、道路の真ん中に何かが横たわっているのが目に飛び込んできて思わず立ち止まる。

心臓が激しく跳ねていた。信じたくない。

「……っ、――ボス……ッ！」

道路に横たわっていたのは、ボスだった。

駆け寄って呼びかけるが、微《かす》かに目を開けただけですぐ閉じてしまった。まだ生きているが、命の火は消えかかっているようにしか見えない。なんとかしなければと思うが、どうしようどうしようと頭の中で繰り返すだけで行動に移すことはできなかった。

鼻を啜《すす》り、携帯に志垣動物病院の番号を登録していたのを思い出してすぐにかけてみる。コール音が途《と》切《ぎ》れるのと同時に、空は半ば叫ぶように呼びかけた。

「――せ、先生……っ」

電話に出たのは、志垣ではなく衛生看護師の野崎《のざき》さんだった。若い女性で、いつも空が姿を見せると笑顔で迎えてくれる。優しい人だ。

『もしかして空君なの？』

「あの……っ、先生はっ？　先生に、ボスが……動かしていいか……、俺、どうしたら」

口が回らず、自分でも何を言っているのかわからなかった。もちろん、彼女に空が何を伝えようとしているのか理解できるはずもない。ただ、志垣を呼んでいるのはわかったようで、すぐに電話を代わってくれる。

『そ、空君？　僕だよ。その……この前は……あの……きつい言い方を……』

「――先生……っ」

志垣の声を聞くと、少しだけ落ち着いた。いつものおどおどした喋《しゃべ》り方が、逆によかったのかもしれない。気の小さい男だが、相手は大人だ。しかも動物の専門家だ。獣医としての評判はいい志垣のことだから、きっと助けてくれる――そう信じる。

「先生、ボスが、車にはねられて……っ、それで、血は出てないんだけど、動かなくて」

『え……？』

「だから、ボスが交通、……事故に……っ、頼むから、……助けて、……れよ」

志垣の声を聞いて気が抜けたのか、説明していると涙が出てきた。時折嗚咽《おえつ》が漏れ、途切れ途切れにしか言葉が出ない。しかし、泣きじゃくる空の声を聞いて今度は志垣のほうが落ち着きを取り戻したようだ。空に対する怯《おび》えが消える。

『そ、そこはどこ？　この前の公園？』

ボスが車にはねられたと聞いて、獣医としての気持ちが勝ったのだろう。

「違う。うちから、少し……来た、ところ。十八番ラーメンがある大通り、あるだろ？　その途中」

『丁度《ちょうど》手が空《あ》いたところだから、今から行くよ。そこで待ってるんだよ。いいね』

「うん、……頼、むよ」

この時、志垣がこんなにも頼れる存在だったことに初めて気づいた。それは今まで感じたことのない、不思議な感覚だ。キャリーバッグの中でおいもちゃんがニャンと鳴いたが、空には自分を慰めているように聞こえた。

志垣は十分で来てくれた。空を見つけると、すぐに車から降りてきてボスの状態を確認する。

「先生っ、どう?」

「こ、ここじゃわからない。連れて帰ろう」

二人はボスを車に乗せ、すぐに病院に戻った。手術室ではすでに準備が進められており、衛生看護師の二人がいつでも手術を開始できるよう待ち構えている。

「……先生、頼むよ。助けてくれよ」

「わかってるから、そこで待ってるんだよ」

「うん」

空は桃子においもちゃんを引き取りに来てもらい、手術室の外の椅子に座って待つことにした。手を組んだまま項垂《うなだ》れ、ボスが助かることをただただ祈る。

自分を責めずにはいられなかった。ボスは、迷い猫の居場所を空に伝えるためにあんなところまでやってきたのだ。その帰り道に事故に遭《あ》った。慣れた道だったら、こんなことにはならなかったのかもしれない——そう思うと、また涙が出てきた。

「ごめん、ボス……」

不安に怯えながら、ただひたすら志垣が出てくるのを待つ。

それから、どれくらい経っただろうか。泣いた目を擦りすぎて目の周りに痛みを感じるくらいになると、ようやく手術室のドアが開いた。

「先生っ。ボスはっ？」

飛びつくようにして、志垣にボスの様子を訊《たず》ねる。

「大丈夫だ。一命は取りとめたよ。でも、油断はできないんだ。その……どのくらい体力があるかにもよるし、状態が急変しないとも限らない。今晩一晩は、注意が必要だ」

「先生。ボスのこと見てていい？」

「いいけど……えっと、まだ目を覚ましてないから、見てても一緒だよ」

「――それでもいい」

部屋に入ると、ボスはケージの中に力なく横たわっていた。包帯が痛々しく、いつもの毅然《きぜん》とした姿とは大違いだ。しがみつくようにケージを摑み、喰い入るようにボスを見た。しかし、どんなに眺めていても状況が変わるはずもない。

「空君。あの……ご家族が心配してるだろうから、もう、帰ったほうがいいんじゃないかな？

このあとのことは僕に任せて」

「嫌だ。ボスが目を覚ますまでいる」

「でも、君がここにいても、その……できることは何も……」

「そんなのわかってるよっ」

できることは何もないと言われたことが、悲しかった。わかっているが、ボスのために何かしたい。それなのに、何もできない。ボスへの想いが強ければ強いほど、自分の無力さが悔しく、そして悲しくなってくる。

動揺している空の姿に志垣は驚いていたようだったが、恥ずかしいなんて思わなかった。志垣に泣きべそなところを見られようが、このまま帰るよりいい。

「……なんだよ?」

「いや、その……」

志垣は、いつもと違う空にどう接していいのかわからない様子で言葉を探す。

「あの……僕は仕事に戻るよ。またすぐに様子を見に来るけど、何かあったら呼んでね」

その言葉に黙って頷き、再びケージの中へ目を向けた。

「ボス……」

名前を呟《つぶや》き、目を覚ましてくれと祈る。

衛生看護師たちが帰っても、空はそこから動かず、ボスのことをずっと見守っていた。諦めたのか、志垣が空の代わりに家に電話を入れて事情を説明し、一晩ここに泊まることの承諾を取ってくれる。電話を切った志垣は、ボスを心配してか空を気遣ってか、黙って隣に腰を下ろした。

病室は、怖いくらい静かだ。

「なぁ、先生。俺が悪い奴だから、バチが当たったのかも……。俺が先生を脅迫したり、逆カツアゲしたりしたから。ボスが死んだら俺のせいだ」

心底反省した。もし、これが本当に自分に対する報いなら、なぜ自分に来ないのかと思う。神

様はひどい。

どんな罰でも受けるから、ボスの命だけは助けてくれと、何度も繰り返す。

「空君のせいじゃ……ないよ」

「違うよっ、俺のせいだよっ。俺が悪い奴だから、ボスにその報いが来たに決まってる。俺がどんなにひどい奴かって、先生だって知ってるだろ？　俺は最低な奴なんだよ」

不安と悲しみをどこにぶつけていいのかわからず、空は叫ぶように志垣に訴えていた。

「そんなことはない。君は天使みたいな子だ」

大きくて温かい手が、空の肩に遠慮がちに置かれる。ただの慰めなのだろうが、志垣の言葉に涙が溢《あふ》れた。志垣にとって自分は悪魔みたいな奴だろうに、どうしてそんなに優しい言葉が出るのかわからない。

しかし志垣はもう一度、今度は先ほどよりもしっかりした強い口調で言う。

「君は、天使みたいな子だよ」

その言葉に救われた気がしたが、優しさに泣けてきて空はずっと肩を震わせていた。


空が泣き疲れて寝てしまうと、志垣は一度ボスの様子を見てから空に毛布をかけてやった。時計はもう午前二時半を指している。

激しい子だ。

志垣は心底そう思った。

感情をぶつけられるほうは、たまったものではない。こちらのほうが疲れてくる。

空のことは苦手だった。志垣が想いを寄せる双子の妹・桃子と同じ顔をしているが、似ているのは顔だけだ。

たった一度の過《あやま》ちをネタに長男の陸とともに病院に押しかけてきて、何度も餌を持っていかれたりワクチン接種をタダでさせられたりした。悪魔そのものと言っていい。惣流家の男どもは親父を筆頭に乱暴な人間が多く、志垣が一番苦手とするタイプの集まりだ。長女の桜や二女の桃子がまともなのが、不思議でならない。

しかし、今日の空は違った。不安を抱え、怯え、震えながら泣きじゃくっていた。不謹慎だが、そんな空に邪な気持ちを抱いたことは誤魔化《ごまか》しようのない事実だ。

悪魔にしか見えない空の、知らなかった一面。弱々しい姿。

志垣が「ボスはもう助からない」とでも言えば、もっと泣いただろう。空を泣かせることが簡単だという状況は、志垣に優越感を抱かせていた。

泣かせたかった。

責めて、ごめんなさいと言わせたかった。

しかし同時に、この子を助けてやれるのも安心させてやれるのも、自分しかいないと思い、なんとしても守ってやりたいという気持ちが起こった。

こんな感覚は、味わったことがない。

そして志垣は、病院の患者さんから聞かされた高校生のペット探偵の話を思い出していた。

空のペット探偵はこの辺りでは意外に有名らしく、偶然、空のことを知っている奥さんが病院に来た。フレンチブルドッグの飼い主で、気のいい人だ。

彼女の依頼は犬の散歩だったようだが、空の仕事ぶりは誠実で、口コミでお客さんが増え、最近は散歩の依頼も多く受けているらしい。空の評判は彼女の友人の間でもいいようで、礼儀正しいいい子だと誰もが口を揃えているという。

不思議な子だ……、と空の寝顔を見ながら志垣はぼんやりと思った。

天使なのか悪魔なのか。

この極悪非道な高校生にこんな気持ちを抱くなんて、少し前の自分なら想像もしなかっただろうと、志垣は己の心境の変化に驚くばかりだった。


ボスが目を覚ましたのは、翌朝のことだった。窓から差し込んでくる光に目を覚ましてケージを見ると、自分をジッと見ているボスと目が合った。その時の嬉しかったことと言ったら、言葉にならない。

「ありがとう、先生。やっぱ先生すげーな」

空は、志垣の自宅で朝食のパンを頬張っていた。テーブルの上には、ベーグルやクロワッサン、ライ麦パンなどが揃っている。ワイルドベリージャムも美味《おい》しく、ふわふわのスクランブルエッグを挽《ひ》きたてのブラックペッパーと岩塩で食べるのも、空の家ではしないことだ。もうボスは大丈夫だと太鼓判を押されるなり腹の虫が雄叫《おたけ》びをあげた空のために、志垣が全部準備してくれた。泣き顔を見られてしまったことが少し照れ臭いが、志垣はそのことを口にしようとはせず、そんなところに優しさを感じる。

「先生は独身なのに、こんな家に一人で住んでんの？」

「父が建ててくれたんだ。すごいのは僕じゃなくて父だよ」

「でもさ、病院と自宅が繋がってるなら、なんかあった時にすぐ飛んでいけるよな」

「わざわざ夜間スタッフを置くより経済的だしね。あ、それはクロテッドクリームをつけると美味しいよ」

聞き慣れない名前をしたその物体は、生クリームでもバターでもない、不思議な味がした。美味しくてたっぷりと塗って食べていると、志垣は「使っていいよ」と同じものが入った自分のココットを空に差し出す。

「な。お礼したいんだけど、なんかない？」

「お礼なんていいよ」

「でもさ、金ないから手術代払えないし。一万円だったらあるけど、足りねぇだろ？」

足りない分は免除してもらうことを前提で話すのもどうかと思ったが、空は正直に言った。ないものはない。

「君からお金が取れるなんて、はじめから思ってないよ。餌やワクチンだって僕にたかるのに、手術代なんて期待するわけないでしょ？」

「あ、やっぱ？」

わかってるじゃん、と笑いながらフランス産のバターを使ったというクロワッサンに手を伸ばし、カフェオレを飲む。ソーセージにフォークを突き刺すと中から肉汁が溢れ出てきて、ますます食欲が湧いた。こんなに美味しい朝食が食べられるなら毎日食べに来たいと思ったが、さすがに志垣が青ざめそうな気がして黙っていることにする。

「じゃあさ、桃子とデートさせてやろうか？」

「——え……っ」

志垣は思いきり驚いた顔をしたかと思うと、赤面した。耳まで赤くすることないじゃないかと思うが、歳上のくせに純情な志垣に、この男のためにひと肌脱いでやろうという思いがますます大きくなる。

そして、いつもの小心者の志垣を見ながら、昨日はあんなに頼りになるところを見せたのに……、と、不思議な気持ちになった。自分を慰めてくれた温かくて大きな手の感触が戻ってくるようだ。

「桃子に先生とデートしてくれるよう頼んでやるよ」

「そ、そんな……いいよ。僕なんかが桃子さんとデートだなんて、めっそうもない」

「なぁ～に赤くなってんだよ、このエロ獣医！　デートっつっても、外で飯喰ったり映画見たりするだけだぞ。エロいことはなしだかんな」

「彼女にそんなやましい気持ちなんて……」

「あー、わかったわかった。でも、桃子のこと好きなんだろ？」

遠慮はしているが、やはり桃子とのデートは魅力的らしい。わかりやすい反応が、さらに好感度を上げる。

「じゃあ決まり。俺に任せとけって」

空は、カフェオレを飲み干してから「ご馳走様《ちそうさま》」と手を合わせ、使った食器を流しに持っていった。スポンジに洗剤をつけて洗い始めると、志垣にも食べ終わったら自分の食器を持ってくるよう催促する。

「な。ところで桃子のどこに惚《ほ》れたの？」

「えっ？」

食器を流しに置く志垣に、不意打ちのように質問を浴びせてやった。すると思った通り、しどろもどろになりながらも、桃子への気持ちを口にし始める。本当に可愛い大人だ。

「も、桃子さんは一見今時の子だけど、しっかりしてるし、弟さんたちの世話をしてるのをよく見かけるんだ」

自分と同じ遺伝子型を持つ、大事な双子の妹だ。これほど惚れ込んでいる男がいると思うと、少し自慢に思えた。

そうだろそうだろ、なんて頷きながら、なかなか上手く説明できない志垣の言葉に同意する。

「だからつまり、ギャップにやられたんだろ？　あいつ、気ィ強そうだけど優しいから」

志垣は、答えようかどうしようか少し迷ってから、黙って頷いた。せっかく治まりかけた頬の紅潮がまた戻ってきて、空は笑いを堪《こら》えるのに必死だ。

「実は……君たちが高校一年の時、文化祭を見に行ったんだよ」

「桃子に会いに？」

「いや。よくうちに来る人のお子さんが同じ高校で、チケットを買ってくれと頼まれたんだ。せっかく買ったし、ちょっとだけ覗こうと思って。それで、迷子の子を本部であやしてる桃子さんを見た。あの時、彼女の母性みたいなのを見て、それがきっかけで……」

ははは……、なんて照れ笑いをする志垣に、食器を洗う手を思わず止めてしまう。

空は、目をパチクリさせた。

本部で迷子の子をあやしていた桃子――。

それは俺だ。

喉《のど》まで出かかったその言葉を、ゴクリと呑み込んだ。

高校一年の時、文化祭でのクラスの出し物は女装カフェだった。双子の妹が別のクラスにいることから、遊び心で桃子と似た髪形のカツラを選んで制服を着ることにした。しかし、実行委員のクラスメイトが迷子の子が泣きやまないと弟たちの世話に慣れている空を頼ってきて、駆り出されたのである。

「……どうしたんだい？」

「あ、……いや、……別に」

慌てて止まっていた手を動かし始め、桃子を想いながらまだ目許を赤くしている志垣を盗み見る。

（ま、いっか）

わざわざ落胆させることないだろうと、空はその事実を封印することにし、心の奥にある鍵つきの箱にそっと収めた。これは、決して誰にも言ってはならないことだ。

空の胸に残ったのは、桃子と間違われたとはいえ、志垣が自分に母性なんて感じたことに対するこそばゆい思いだった。


志垣の家で朝食を食べた空が家に着いた時は、すでに桃子は学校に向かったあとで、急いで授業の準備をしてから家を出た。遅刻ギリギリで教室に飛び込み、休み時間に人気のない渡り廊下に桃子を呼び出して土下座せんばかりの勢いで頼み込む。

「えーっ、なんでよ！」

「頼むよ。すごく世話になったんだ」

「でもそれって援交じゃん。あの獣医、エロいこと考えてんじゃないの？」

「そんなことないって。俺から言い出したことだし、先生真面目だから変なことなんてしないって。飯喰って映画見るくらいでいいからさ。助けてもらったお礼したいんだ」

桃子は、不満そうな顔をしながらも悩み始めた。いつもそうだ。文句を言いながらも、空の頼みはよく聞いてくれる。兄貴思いで家族のこともいつも考えている。

美術が得意で本当は美大に行きたいのに、弟たちのことを考えて一郎には内緒にしているのだ。美術の先生からも芸大を目指すよう勧められているが、興味がないなんて嘘までついている優しい妹なのである。

空がじっと見ていると、諦めたようにため息をついて口を尖《とが》らせて言った。

「――わかったわよ。デートしてあげる」

「マジ？　サンキュ～」

「その代わり、あんた今月の掃除当番代わってよ。お風呂とトイレの両方。猫の世話も大変だったんだから」

「わかった。そんくらいするよ」

空は「任せとけ」と胸を張って答えた。

これで、志垣にお礼ができる――そう思うと、喜ぶ志垣の顔が頭に浮かび、自分も嬉しくなって心が躍った。学校が終わるとおいもちゃんを飼い主の元へ届けてからボスの見舞いがてら志垣の病院に行き、その報告をする。

「えっ、ほほほほ本当かいっ？」

「ああ。俺が頼めばこんなもんだって。なー、ボス」

まだ動けないが、自力でご飯を食べられるようになったボスのケージを覗き、水を替えてやった。ボスは懐きこそしないが、自分が世話になっているとわかっているようで、志垣が近くで様子を見ても威嚇しようとはしない。利口《りこう》な猫だ。

それから、二週間後の土曜日。

「じゃ〜行ってきまぁ〜す」

やる気のない態度が気になるが、桃子は空が設定した志垣とのデートへ向かった。それを笑顔で見送ると、空は急いで二階に上がって着替えをし、出かける準備をする。

「お前、何やってんだ？」

「あ、兄貴。仕事まるまる休み？」

「ああ。で？　何やってんだって聞いてんだよ。それ、俺のマフラー」

「あ、ごめん。ちょっと借りるよ」

言いながら急いで身支度を終わらせ、階段を駆け降りた。早く行かないと、桃子たちを見失ってしまう――メガネと帽子で変装を完了し、二人の待ち合わせ場所へと急ぐ。

空は、志垣がちゃんとデートできるか心配で、二人を尾行することにしたのだ。

もう十二月に入っていたが、その日は二人のデートをサポートするように寒さは和《やわ》らぎ、クリスマス商戦真っ只中の街の雰囲気もデートを盛り上げるのに一役買っていた。

「お、いたいた」

待ち合わせ場所に現れた志垣は、まるで相手が取引先の人間であるかのような態度で桃子に挨《あい》拶《さつ》をしているところだった。しかも、なぜかスーツを着ており、あの歳の男が若い桃子を連れ歩いていると怪しまれないかと心配になった。桃子に対する気の遣いようやペコペコした態度がなければ兄妹にも見えるだろうが、それも望めそうにない。

「何やってんだよ、先生」

こんなことなら、デートの準備や心構えについても世話してやるんだったと後悔する。

しかしそんな空の心配をよそに、桃子はリードするように志垣を連れて歩き出した。引き受けた以上、自分のノルマはこなそうとでもいうのだろうか。

二人が最初に入ったのはこぢんまりしたイタリアンレストランで、空は外で待つことにした。

寒空の下、白い息を吐きながらマフラーに顔に埋め、探偵さながらに二人のことをじっと監視する。大きく取られた窓からは中の様子が見え、小さい店だからか二人の姿も確認できた。会話がどの程度弾《はず》んでいるかはわからないが、空の目にはなかなかお似合いの二人に映った。

腹の虫がぐぅと鳴る。

「あー、腹減ったな」

こうして見ると、志垣もなかなかのイイ男だ。空のところからは、おどおどした態度がわからないからだろう。スーツというのも、そう思わせる要因なのかもしれない。

自分が知らなかった志垣の姿を見た気がして、空はなんとなく『志垣は大人なんだ』と当たり前のことをしみじみと感じた。そして、四十分ほどすると二人は店から出てくる。

再び尾行開始。

しかし、二人の姿を見ているうちに、空の胸に「俺は何をやってるんだ……」という気持ちが湧いてきた。空が見張っていてもデートのアドバイスができるわけではない。桃子のハートを射《い》止《と》めることができるかどうかは、志垣の腕にかかっているのだ。

また、志垣が桃子を無理やりホテルに連れ込むような男ではないのもわかっている。腹を空かせてまで、必死で桃子の気を引こうとする志垣を見る価値はあるのかと自問した。

しかし、気になるものは気になる。

自分が何をしたいのかわからないまま尾行を続けていると、二人はカフェで買った飲み物を持って公園のベンチに座った。

あそこなら会話が聞けるかもしれないと、植え込みの陰からそっと二人に近づく。

「あの……今日は、来てくれてありがとう」

「別に。空の頼みだもん。次どこ行く？」

「も、桃子さんの行きたいところで……」

「別にない」

会話はお世辞《せじ》にも弾んでいるとは言えなかった。もう少し愛想をよくしてくれたって……、と思うが、桃子も大事な休日を空のために潰してくれているのだ。贅沢《ぜいたく》は言えない。

「その……空君は、よく猫に餌をあげてるよね。動物好きなのは、昔からなのかな？」

「さぁ？」

「この前は、ペット探偵みたいなことをしてたよ。野良猫に捜してる猫の写真を見せて喋りかけてた」

「へぇ」

「そしたら、本当に空君が捜してる猫を野良猫が連れてきたらしいんだ。不思議な子だよね。本当に猫と喋れるのかもしれないなんて……そんなはずないか。はは」

俺の話なんかいいだろ……、と心の中で志垣に突っ込みを入れると、案の定、桃子が冷たい言葉を浴びせる。

「さっきから空の話ばっかり」

「え……？」

「空とデートしたほうがいいんじゃない？」

「そ、そんな……僕は……そんなつもりは」

次第に怪しくなる雲行き。

空は息を殺したまま、成り行きをじっと見守っていた。

デート中に違う人間の話ばかりされたら、面白くないだろう。しかもデートをしてくれと頼み込まれただけで、桃子が望んだことではない。少しは女を楽しませようという努力くらいするのが筋だと思われて当然だ。せっかくセッティングしてやっても、これでは意味がない。

しかし、デート中に自分の話ばかりしていたのかと少し嬉しいような、照れ臭いような気分になったのも事実だ。

（べ、別にデートが失敗するのを望んでたわけじゃないぞ……）

そこまで意地悪じゃないつもりだが、なぜか口許が緩みそうになり、唇を嚙んでそれを堪えた。

あまりにあの男らしい展開に、デキの悪い弟でも見ているような気分になる。

「もう食事はしたんだから、いいでしょ？」

「桃子さん」

「じゃあ、もう帰るね。ご馳走様」

桃子はすっくと立ち上がり、駅のほうへ歩いていった。「追えよ！」と強く念じるが、志垣は座ったまま動かない。

（あちゃ〜）

ベンチにポツンと取り残された志垣の姿からは、落胆の色が滲《にじ》み出ていた。お礼をしようと思っていたのに、これじゃあお礼どころか逆に嫌な思いをさせただけだ。自分の話ばかりしていたという志垣に笑ってしまったのもあり、罪悪感も湧いてくる。

声をかけようかと思ったが、こんなところは見られたくないだろうと思い、ひとまず今日は家に帰ることにした。


「おい、桃子。ちょっとお前ひでぇよ」

家に帰ると、桃子は四歳の月の世話をしながら洗濯物を畳んでいた。不機嫌は隠せない。

「何？　まさかあんた尾行《つ》けてたの？」

「そ、りゃあ……お前のことが心配だからだろ。なんで途中で帰ってきたんだ」

「だって、退屈だったんだもん。あんたの話ばっかするし」

「緊張して何話していいかわかんなかったんだろ？　そんくらい察してやれよ」

「そんなに文句言うなら、あんたが自分で借りを返してあげなさいよ」

「え」

怯《ひる》む空に、桃子は畳みかけるような攻撃を浴びせる。

「女装でもして、デートしてあげたら？　私に似てるんだし、制服貸してあげるわよ」

「む、無茶苦茶言うなよ」

「雰囲気だけは味わえるんじゃない？　去年の文化祭で女装した時は、よく私に間違われたじゃん。それにあの先生ね……」

言いかけて、桃子は呆《あき》れたような顔をしてため息をついた。

「なんだよ」

「別に。それより私はもうやんないから、制服借りるんなら月曜の朝までに返しといてよ」

空は迷った。そもそも自分が作った借りなのだ。自分で返すのが道理というものだ。しかも、桃子は制服まで貸してやると言う。

こうなったら、自分でやるしかない。

「――わかった。俺行ってくる」

　空は桃子に制服を借りることにし、日が落ちるのを待ってから出かける準備をした。制服に着替えると色つきのリップを借りて塗り、宵闇《よいやみ》に紛れて志垣の自宅へと向かう。途中、ビデオショップに寄り、桃子の学生証で会員カードを作ってＤＶＤを借りたが、特に怪しまれることはなかった。

　志垣の病院に着くと自宅側の玄関チャイムを鳴らし、少しばかり緊張しながら反応が返ってくるのを待つ。

『も、桃子さん……っ』

　モニターで来客の姿を確認するなり、志垣は空にひとことも喋らせずに出てきた。

　ドアを開けた志垣の表情には、期待と不安と緊張が浮かんでいたが、すぐに空だと気づく。

「空君……？」

「あ、バレた？」

「そりゃあわかるよ。髪が短いじゃないか。モニター見た時は、わかんなかったけど」

　さすがに今日会ったばかりの桃子と間違えるほど、節穴《ふしあな》ではないということか――気づかれるまで黙って桃子のふりをしてやろうと思っていたため、当てが外れた。だが、声を出す前に気づいてもらえたことに、なぜか心が浮き立っている。

「カツラなくってさ。でも、最近髪伸ばしっぱなしだから、ショートカットにした桃子に見えなくもないだろ？」

言いながら、空は勝手に家の中へと入っていった。

「桃子の奴、デート途中ですっぽかしたからさ、その続き」

「馬鹿な真似はよすんだ。もうお礼はいいから……」

「遠慮すんなって。ちょっとくらいなら悪戯してもいいわよ」

空はふざけて躰をくねらせた。志垣は喜んでいるようには見えないが、そのうちノッてくるだろうと勝手にリビングまで入っていく。

「なーなー。映画見ようぜ？」

誘うと、志垣は軽くため息をついてみせた。借りてきたのは、恋愛物と動物物とアクション物がそれぞれ一作ずつだ。どれがいいかと聞くと、意外にもアクション映画を選ぶ。リビングにある大きな液晶テレビをつけ、その下にあるデッキにＤＶＤを突っ込んだところで腹が鳴った。

「げ……」

「お腹空いてるのかい？　冷凍ピザならあるけど食べる？」

今の今まで忘れていた。今日は朝食を食べてから、飲み物以外何も口にしていない。

「いいの？　実は昼抜いてるんだ」

「じゃあ、座って待ってて」

志垣は、すぐにキッチンに消えた。その間に、部屋の中を見回してみる。

ふかふかのラグマット。いかにも高そうなソファー。デザイン性の高いテーブル。

前に朝食をキッチンで食べた時も思ったが、親に病院の資金を出してもらっただけあり、かなりのお坊ちゃまぶりだ。そんなことを考えているといい匂いが漂ってきて、ピザが載った皿と苺が入った器を両手に抱えて志垣が戻ってくる。

「どうぞ」

「お、サンキュ～、……じゃねぇや。ありがとう、先生」

正座をして軽く首を傾げて言うが、冷めた目で見られてしまった。

「桃子さんの真似なんかしなくていいよ」

「でも、黙ってりゃ似てるだろ？」

空の言葉は無視され、ＤＶＤ鑑賞が始まる。

一緒に食べようと誘ったが、もう夕食は済ませたと断られ、空は一人でピザをペロリと平らげるとすぐに苺に取りかかった。腹が減っていたからか、再びいつもの自分に戻っていることに気づき、志垣の目を盗んであぐらをかいていた足を戻す。しかし、志垣の視線はテレビ画面に向けられたままだ。

こうなったら意地でもその気にさせてやる、なんて思ったりもしたが、次第に映画に夢中になり、いつの間にか普段の自分に戻っては、「あ、いけね」と色っぽい座り方をしてみせるの繰り返し。

「だから桃子さんの真似はいいんだって」

「なんで？　遠慮してんじゃねぇの？　本当はちょっとクラッときてない？」

「来てないよ」

「先生、ちょっとくらいいいんだぜ？　俺を桃子と思ってさ……。本当は触りてぇんじゃねぇの？　このエロ獣医」

ふざけて肘でつついてみせると、志垣はテレビのリモコンに八つ当たりするような大きな動作で電源を落とした。

「——大人をからかうもんじゃない」

思いのほか強く言われ、ビクッとなる。

真面目な顔をして意見する志垣に、本当に怒っているのだとようやくわかった。気が弱い相手だからか、その可能性を疑っていなかった。ふざけすぎるのは、悪い癖だ。

素直に「ごめん」と言えばいいのに、間違いなく気分を害したような態度に、ついふざけた言い方をしてしまう。

「そんなに怒んなよ。ちょっと予行演習でもさせてやろうと思っただけだよ。脱がすくらいまでならやらせてやって……、——っ！」

いきなり押し倒され、空は自分の置かれた状況が呑み込めずにポカンとする。自分を見下ろしているのは間違いなく志垣だというのに、まるで別の誰かを見ているようだ。

目が合えばすぐに逸らすような男だというのに、空のほうが視線を外してしまいたくなるほど凝視してくる。迫力のある視線だ。

おどおどした態度がないだけで、こんなにも変わるのかと驚きを隠せなかった。身動きが取れず、しかも、すぐ近くから見ているため志垣の息遣いまでよくわかる。

「大人を馬鹿にするのも、いい加減にしなさい。いつか、痛い目を見るよ」

「な、なんだよ。やっぱ、お、俺で……練習、したいんじゃねぇか。や、やらせて、やるよ」

「本当にそんなこと言っていいのかい？」

「……先生」

怖かった。

いつもびくついている男が見せた怒り。大人の顔。思いつめたような目。

躰が動かず、志垣の手が胸の赤い紐リボンに伸びてくるのをじっと見ていた。するすると引き抜かれ、シャツのボタンを上から順に外される。

「ちょ……、あ、あのさ……」

「君がいいって言ったんだよ。撤回するのかい？　案外臆病なんだね」

揶揄《やゆ》され、志垣のような気の小さい男にこんなことを言われることに驚きを覚えた。

反逆だ。

小学生の頃、連れ回していたクラスメイトに最後の最後で『子分じゃない』という手紙を貰《もら》ったことを思い出した。

手紙にしたためられた最後の言葉。あのクラスメイトには、嫌われていた。志垣も自分のことが嫌いなのかと誰にともなく問いかける。

陸とともに脅迫だのたかりだのしてきた相手を、快くは思わないだろう。

「あの、先生……」

「黙って」

耳許に唇を近づけられ、空は身を固くした。

スカートをたくし上げられながら太腿を手のひらで撫でられると、恥ずかしさでどうにかなりそうだった。スカートは、なんて無防備なのだろうと思う。ボタンを外す必要も、ファスナーを下ろす必要もない。ちょっと布を手繰《たぐ》り寄せただけで、いつもは他人に触れさせることのない場所がいとも簡単に晒《さら》されてしまうのだ。

「よくこんなんで、悪戯してもいいなんて言えたね。怖い？」

「こ、怖くねぇよ」

「じゃあ、練習させてくれるんだよね？」

「あ……っ」

「桃子さん」

志垣の口から自分と同じ顔をした妹の名前を聞かされて、一気に現実に引き戻される。

熱い囁《ささや》きだった。『愛してる』なんて言葉で表現しなくても、わかる。志垣は桃子のことが好きなのだ。自分は桃子の身代わりで、志垣の思いつめた熱い視線も、肌に触れてくる手の切実さも、すべて桃子に向けられたものだ。顔が同じだから空を抱こうとしているだけで、志垣の心はここにはない。

傷ついている自分に気づき、どうしてそんな必要があるのかと自問した。しかし答えなど見つからず、躰だけが急速に熟《う》れていく。

そんな自分が浅ましく思え、自分は桃子の代わりだと繰り返し思いながら手がさらに太腿の内側に伸びて下着にかけられるのにじっと耐えた。けれども、若い躰は心を裏切り、愉悦という甘い毒の誘惑に負けそうになる。

「あ……」

「女装してくるなら、ちゃんと下着も着替えてこなきゃダメだよ」

「し、下着は、ちゃんと昨日の夜……」

「そういう意味じゃない。パンティを穿《は》いてこいってこと。わかる？」

オヤジ臭い台詞を吐く志垣に、空は顔を真っ赤にした。

何がパンティだ。

変態、エロ獣医、と心の中で抗議するが、そんなことをしても状況がよくなるはずもなく、ますます追いつめられていくだけである。

「ちょ……、待……、――はぁ……っ！」

下着を膝まで下ろされたかと思うと、いきなり中心を口に含まれた。舌が裏筋をなぞり、敏感なくびれを嬲《なぶ》り、弄《もてあそ》ぶ。

「ああ……、――あ……」

初めてだった。他人の口で愛撫されるのなんて、経験したことがない。人の舌がこんなに気持ちいいものだったなんて……、と未知の快楽に、躰は我を忘れて獲物にかぶりつく飢えた獣のようになった。

「せ、先生……っ、……せんせ……」

空は股を開き、泣きそうな声で何度も志垣に助けを求めた。理性はやめて欲しいと訴えているのに、本能はもっと欲しいと催促している。そしてそのバランスは、次第に本能のほうが勝り始め、空は志垣の頭に手を伸ばし、髪の毛を掻き回すようにして躰をのけぞらせた。さらに弱いところを攻められ続けると、うなされるように左右に首を振りながら快楽に耐える。

「ああ……ん、……んぁ……っ、あぁ……」

普段の志垣とは違う志垣。おどおどしている男が豹変《ひょうへん》し、悪魔のように自分に襲いかかってくるこの状況にも気持ちが昂《たかぶ》り、空はますます感じやすくなっていた。

悪戯をされている気分だ。

(ぁ……、出る……)

なんとか我慢しようとするが、まだ若い空には無理な話だった。一気に高みに登りつめたかと思うと、堪えきれず、観念する。

「せ、せんせ……っ、——ぁ……っ」

掠《かす》れた声を漏らしながら、空は下腹部を震わせた。いったん出してしまうと、ようやく落ち着きを取り戻すが、志垣はこのまま終わるつもりはないらしい。空の白濁を飲み干し、唇を舐《な》めてからにじり上がってくる。そして空の手を取り、スラックスの下で硬直している自分の分身に誘導した。

「ほら、握って」

布越しにそれを握ると、志垣は空の目を見つめながらメガネを外してガラスのテーブルに置く。見慣れないせいか、メガネをかけていない志垣が知らない大人に見えた。そして、臆病そうな表情とは別のものを見つける。それは、欲情した雄の顔だった。

これが本当の姿なのかもしれない。

「動かして」

「こんなこと、して欲しいのかよ？」

「そうだ」

「桃子に？」

その問いは、無視された。志垣がスラックスのファスナーを下ろすのを、不安な気持ちで眺める。

「挿《い》れないよ。さすがにそこまでできないからね」

空の反応を窺うように、ゆっくりと下着を膝まで下ろされた。しかし完全に脱がせようとはせず、脚を大きく開けない状態のまま膝が胸板につくほど躰を折り曲げられ、太腿の間に志垣の屹《きっ》立《りっ》を挟まされる。実際は挿入されてないとはいえ、変化した志垣の硬さや熱さを直《じか》に感じ取ることができ、男として十分に誇れるシンボルに言葉にならない恥ずかしさを覚えた。

女のように膝を揃えた格好なのもいけない。

これでは、セックスをしているのとさほど変わらない。生々しい行為だと思った。

「もっと、きつく脚を閉じて」

自分を見下ろす志垣の目は、少し血走っているようにも見えた。そんなに桃子が好きなのかと思いながら、要望に応《こた》える。

「——そう。いい子だね。上手だ」

「ぁ……っ、……はぁ……、……あぁ……」

志垣が腰を動かすたびに、お互いのものが擦り合わさってもどかしい快感に見舞われた。先走りが溢れているのがわかるが、どうすることもできない。

「潤滑油はいらないみたいだね」

「……ぁ」

からかいながらこめかみにキスしてくる志垣に、唇を噛む。

「う、……ん、ん……ぁ……ぁあ」

臆病者のくせに……、と気弱になっている時の志垣を思い出して冷静さを保とうとするが、逆効果だった。普段とあまりに違う姿に、こんな一面を隠し持っていたのかという驚きに、心拍数が上がっていく。

志垣も男だった。そして獣だった。

男なら誰もが持つ欲望を見せつけられ、自分がその餌食《えじき》になることが当たり前のようにすら感じてくるのだ。今まで弱いと思っていた相手だからこそ、こんな被虐《ひぎゃく》的な気持ちになるのかもしれない。

立場が逆転している普通でない状況が、興奮をより大きくしていると言っていい。

「どうだい？　恥ずかしい？」

「……はぁ……、……ああ、……先、生」

空は、自分の心の中を見透《みす》かされていると感じた。いつも優位なのは空のほうだというのに、今は志垣にリードを許している。

志垣が手加減なしにこんなことをしているのは、大人をからかった罰だ。

ごめんなさい、と言いそうになり、口を噤んだ。ボスを助けてもらったお礼だ。自分で借りを返すと決めたのだ。志垣がしたいなら、練習でもなんでもさせてやると意地を張る。

しかし、快感が大きくなるにつれて我慢できないほどの恥ずかしさに包まれ、空はいつしか泣きごとを言いそうになっていた。

ごめんなさい、からかってごめんなさい。だから許して。恥ずかしいから、やめてください。

何度その言葉が出かかったことだろう。

「先生……、先生……っ」

しがみつき、自分を翻弄《ほんろう》する男のことを何度も呼ぶが、微かな志垣の体臭が空をより深い酩酊《めいてい》へと誘う。

たとえ身代わりでも、自分にとってこれは志垣との行為だ。当たり前のことだが、今のこの時だけは誰も介入できない濃厚な関係で結ばれている。

「女の子みたいだ」

「……っ」

「スカート、すごく似合うよ」

「う……」

耳の後ろに唇を押し当てながらゆっくりと腰を前後させる志垣に、疼《うず》きにも似たものが下半身を覆い、合わせた膝にいっそう力を入れて志垣を感じた。

「や……、……ぁ……ぁあ……っ」

「いやらしい子だね。僕にお礼をするんだろう？　僕より感じちゃダメじゃないか。さっきだって、簡単に出しちゃったしね」

揶揄されているというのに、なぜこんなに燃え上がっているのかと、自分の知らない自分に空は戸惑った。恥ずかしいが、それが快感を大きくしているのは確かだ。

「また、出す？」

「馬鹿……っ、出さ……、……ぁ、あっ」

言い終わらないうちに、空は絶頂の予感に襲われた。

ダメだダメだと自分を宥《なだ》めるが、一度高みに向かい始めた躰は理性の言うことなんか聞いちゃくれない。

「イッて、いいよ」

「……っ」

イッていいよ——志垣なんかにそんなことを言われたくないと思ったが、空も限界だった。堪えようとしても、せり上がってくる快感は容赦なく若い躰を追いつめる。

観念した空は、志垣をしっかり挟んだまま再び白濁を放った。

「ぁ……、あっ、……ぁあっ！」

欲望の証《あかし》が、自分の胸辺りに迸《ほとばし》ったのがわかる。微かな匂い。

志垣のナニに擦られて出してしまった。

「……っ、――はぁ……っ、……はぁ」

「またイッたのかい？」

「……っ、わ、……悪い、かよ」

「そのまま挟んでて」

視界を遮る前髪《さえぎ》を掻き上げられると、欲情した志垣の顔があった。この男はこんな顔をしていたんだろうかと、熱っぽい目で自分を見る男をぼんやりと見つめ返す。

次に志垣が何をしようとしているのかなんとなくわかったが、空は誘われるように目を閉じた。

「せんせ……、――ぅん……っ」

唇が重ねられたかと思うと、軽く吸われ、さらに舌を入れられた。無遠慮な舌は口内を蹂躙《じゅうりん》し、ひとたび捕まえた空の舌を離そうとはしない。

「ん……、ぅん……、ぁ……ん」

誰かとキスをするのは、初めてだった。

逆カツアゲだのなんだのしてきたが、空は女とつき合ったことすらないのだ。恋愛に関しては、平均的な高校生よりもずっと子供だ。それなのに、段階を踏まずにいきなりこんなところまで連れてこられ、戸惑いの中でただ言いなりになっていることしかできない。

「うん、……ん、……んぁ、……ぅんっ」

どうしてこんなことをするのだろうと思った。キスは好きな相手としかしないのではないのか。それとも、そんなことを信じている自分は遅れているのか。

次々に浮かぶ疑問は一つも解決せず、濃厚な口づけとお互いの猛《たけ》りを擦り合わせる行為にのめり込んでいく。

「ぁ……ふ、……んぁ、……ぁ……ん」

息が上がってどうしようもなかった。

泣き出してしまいたいくらい混乱し、そんな空をさらに翻弄しようとでもいうのか、志垣の腰遣いが一段と大胆になった。

そして唇を離されたかと思うと、志垣は肩に嚙みついてくる。

「──痛……っ、……先生、……痛、い」

志垣から逃れようとするが、背中に回された手にグッと力を入れられ、下半身が蕩《とろ》けたようになった。自分を強く抱き締める志垣の腕に、なぜか胸が締めつけられる。

痛みが快感に変わる瞬間──。

「──んぁ……っ、……ぁ、あ、あ……っ」

絶頂の予感がした。自分のだけではない。志垣のもだ。

耳許の息遣いがいっそう獣じみたものになると、たとえ身代わりとはいえ、志垣が自分に屹立

を擦りつけながら射精しようとしていることに興奮した。

この気持ちは、言葉では形容できない。

志垣が白濁を放つ瞬間、「空君」と名前を呼ばれた気がしたが、そんなはずはないと思いながら空は三度目の絶頂を迎えた。


空がラグの上で寝てしまうと、志垣は毛布を持ってきて上からかけてやった。

後悔していた。高校二年の子供によくもあんな真似ができたものだと、自分のしたことを深く反省する。空は、まだ十七の誕生日さえ迎えていないのだ。それなのに、自分の欲望のままに弄んでしまった。

見つかれば、手が後ろに回ることになる。病院も軌道《きどう》に乗り、順調な人生だというのに、築いてきたものがすべて台無しになるのだ。

いや、違う。問題はそんなことではない。

志垣は、後悔している本当の理由が保身によるものではなく、純粋な反省から来るものだと気づいた。そしてよく考えたら、桃子とのデートの時から少しおかしかったことにも気づく。せっかく二人きりだったのに、空の話ばかりをしてしまっていた。

当然だ。空のことはよく知っている。極悪非道の兄と二人で、よくたかりに来たからだ。

しかし、本当にそれだけなのだろうか——。

『さっきから空の話ばっかり』

公園で放たれた桃子の言葉が蘇《よみがえ》り、昔振られた彼女のことを思い出す。

まだ獣医になって間もない頃のことだ。

童顔だが、可愛いだけではなく綺麗《きれい》さもある女性で、志垣は自分には勿体《もったい》ないくらいの女性だと思っていた。しかし、彼女は志垣の自分に対する愛情に不信感を募らせていた。

『動物の話ばっかり。休みの日くらい忘れられない？　私と動物、どっちがいいの？』

仕事と自分とどちらが大事か聞かれるなんて、よくある話だ。そして、それがきっかけりで終わりを迎えることもめずらしい話ではない。彼女は本気で仕事か自分かを選べと言ったわけではなかっただろう。しかし、戸惑い、すぐに答えられなかった恋人に幻滅したようで志垣はあっさりと振られた。

そして桃子は、空の話ばかりする志垣に怒って帰っていった。

「君のことばかりだってさ。そんなつもりなかったのに、でも、やっぱり君の話ばかりしてた。なぜだろうね」

口に出してそう言ったが、本当は答えなどわかっていた。ただ、怖くて認められないだけだ。我ながらなんて臆病な男なんだと、嫌になってくる。

そして、桃子から教えられた事実を思い出し、深い眠りに落ちている相手に問いかける。

「どうして、黙ってたんだい？」

志垣が桃子を好きになったきっかけとなった、文化祭での出来事。実はあれは思い違いで、迷子の子供をあやす桃子というのは空だったのだ。接点なんてないのになぜ自分を好きになったんだと聞かれ、文化祭でのことを話すと呆れた顔で真相を聞かされた。桃子のクラスはリンゴ飴《あめ》屋だったため、桃子は一日中浴衣《ゆかた》を着て販売をしていたという。

もちろん、空も気づいていたはずだ。それなのに黙っていた。

志垣はもう一度空を見て、頬にそっと手を伸ばす。

双子の桃子と似ているが、空と彼女とはまったく違った。桃子は十六歳らしい健康的な魅力を持っているが、空には何やら妖《あや》しげな色香がある。それは、高校生ということ以上に禁断の香《か》が漂う特殊なものだ。

イケナイことだとわかっていても、つい手を伸ばしてしまう——。

ふざけてみせた空を怒ったのは、そんな自分の欲望を見透かされたような気がしたからだ。スカートから覗く空の細い太腿に、生唾が溢れた。そして一度押し倒すと、病院に来ては極悪非道の兄とともに自分を脅す空が、自分の下で戸惑っていることにさらなる興奮を覚え、止まらなくなった。

子供の無邪気さで自分を子分のように扱う空を、組み敷いて欲望の赴くままに辱《はずかし》める——。

その行為に、深くハマってしまった。

自分にはサディストの気があったのかと、今まで感じたことのない感情を抱いている事実に驚いている。

しかし、ただ傷つけたいわけではない。自分より強い相手に、ベッドで仕返しをするようなものだ。おしおきだと言って、甘く攻め立ててみたいという誘惑。

ちゃんと愛もある。

「これじゃあ、ただの変態だ」

志垣は、髪の毛をくしゃっと掻き回してため息をついた。そして、口で愛撫した時に空の手が今と同じように自分の髪の毛を摑んだことを思い出す。

空にそうされただけで、普段の自分を脱ぎ捨ててしまえるほどの衝動に突き動かされた。まるで、雌の匂いに発情を促される雄の気分だ。相手がいて初めて目覚める野性の本能。かつてこれほど自分の本能を煽《あお》り、原始的な部分を剝《む》き出しにさせた女性がいただろうか。

理性が吹き飛ぶほど欲しいと思った相手など思い浮かばず、困り果てた顔で口許を緩ませる。

空を組み敷いて啼《な》かせた男の姿は、もうどこにもなかった。

気弱で情けない男のため息を吞み込み、夜は更《ふ》けていく。

フガッ、フガフガフガッ、と荒い鼻息が、冷たい空気の中に白い息とともに撒《ま》き散らされていた。

空は、犬の散歩のバイト中だった。冬休みに入ってから、毎日のようにやっている。

今日連れているのは、フレンチブルドッグという犬種で、潰れたような顔とボンレスハムのような躰、そして短い脚が魅力的な犬だ。千切れんばかりに尻尾を振りながら、ずっとフガフガ言っている。名前はチャーリー。

飼い主はアメリカ人によくいるような金持ちのふくよかな奥さんで、自分のみならずチャーリーの首輪やリードまでブランド品で固めているようなところがあるが、笑い声に特徴のある気のいい人だった。ペットは飼い主に似るというが、チャーリーもふてぶてしい面構えからは想像できない優しい犬だ。

「はぁ……」

楽しいバイトのはずなのに、空は浮かない顔をしていた。このところずっとそうだ。原因はもちろん、志垣とのことだ。

(俺、どうしたんだろ)

桃子の制服を借りて志垣のところに行ってからというもの、あの夜のことが忘れられない。あの日、志垣の言葉通り最後までしなかったものの、空は志垣がどれだけ大人でどれだけ男なのかを見せつけられた。

三度の射精でそのまま寝入ってしまった空だが、翌日起きると志垣は何ごともなかったかのような顔でシャワーを浴びるよう言い、汗を流している間に桃子の制服はクリーニングに出され、空は志垣の洋服を借りた。夕方になる頃、仕上がった制服を手渡され、いつもと同じ態度でさよならを言われたのである。

（俺から言い出したことだし……）

借りを返してすっきりしたはずなのに、なぜか心には雨雲が立ち籠《こ》めていた。そのうち落涙《らくるい》しそうな気配だ。また、志垣に借りた服が思ったより大きくてぶかぶかだったのが印象的で、二人でした悪戯が頭から離れない。ボスが退院してからは、なかなか病院に行く口実が作れず、結局話らしい話もせず二週間ほどが過ぎてしまった。

「空く～ん」

ぼんやりと歩いていた空は、聞き憶えのある声に振り返った。すると一台の車が停まっており、中から一人の男が手を振っている。

「あ、上月《こうづき》さんっ」

上月要《かなめ》――志垣の友人で弁護士だ。

偶然にも、陸が生活費のために貢《みつ》がせようとしていたカモで、今は恋人である。何を隠そう、空がヤンキーたちを逆カツアゲして小遣い稼ぎをしているのは、長男の影響するところが大きい。

この男も金持ちだが臆病な志垣とはまったく違い、スマートな立ち居振る舞いでエリートっぽい雰囲気を漂わせている。

しかし、気取ったところなどなく、気さくで惣流家の小さな悪ガキどもとよく遊んでくれる。

しかも、あの恐ろしい昭和の親父・一郎に面と向かって「息子さんをください」とプロポーズしに来るような男だ。二人の関係は薄々気づいていたが、さすがにそこまでするとは思っておらず、金持ちってのはわからないと思わされた事件だった。

「わー、その犬可愛いねー。ボンレスハムみたいだ。どうしたの？」

王子様系のイイ男だというのに、上月は車から降りるなり満面の笑みでチャーリーを抱えた。この男の気さくさと飾らないところが、空は好きだ。

「散歩のバイト中。仕事が忙しい人なんかの代わりにやってんだ。友達に十枚綴《つづ》りのチケットをパソコンで作ってもらって、それを買ってもらうんだよ」

「へぇ、いいアイデアだね」

「それより上月さん、どうしたの？」

「お兄さん、どこにいるか知らないかい？」

「今日は仕事休みだから家にいるはずだけど……もしかして喧嘩でもした？」

「怒らせちゃったみたい」

苦笑いする上月を見ながら、この人なら自分の志垣に対する気持ちがなんなのか教えてくれる気がした。今までこういう相談事を他人にしようと思ったことはなかったが、それだけ切羽詰《せっぱつ》まっているということなのだろうか。

「そういえばさ、志垣とはどう？」

「え……っ」

上月の言葉に、心臓が跳ね上がった。知っているはずのないことを、なぜ上月が当然のように話すのか――。

「この前拾った猫ちゃん、ワクチンはちゃんとタダでしてもらってる？」

にこやかな笑顔を見て、とんでもない勘違いをしていた馬鹿な自分に苦笑いする。

上月と初めて会った時、空は拾った子猫を連れて陸とともに志垣の病院で餌やらワクチンやらをたかっていたのだ。その時のことを思い出し、自分が志垣にとってロクでもない奴だということを思い知らされる。

まさか、志垣が自分とのことを上月に相談するとでも思っていたのだろうか。何を期待していたんだと自虐《じぎゃく》的に笑い、あの夜のことは、志垣にとって他人に相談するほどの出来事ではないはずだと自分に言い聞かせる。

「実はあの猫たち、貰い手見つかったんだ。ワクチンも自分でするってさ」

「そう、よかったね。また猫を拾ったら、志垣の奴にどんどんたかってやるといいよ。あいつはさぁ、昔は割と積極的に捨て猫なんか保護する人に協力してたけど、いろいろあって今は関わらないようにしてるんだよね」

意外だった。空が捨て猫を連れていくと迷惑そうな顔をするのに、信じられない。

「ほら、運の悪い奴っているだろ？　あいつはさ、好意を仇《あだ》で返されるようなことが多いんだよ。ボランティア活動をしてる人の中にも身勝手な人もいたらしいし、そういうのを騙《かた》った詐欺みたいなことに利用されたりもしたしね」

「そうなんだ」

「うん。保健所から子猫を譲り受けて里親を探す活動をしてる子がいてね、タダ同然で治療なんかしてたらしいんだけど、実は嘘だったんだ。その子は子猫が好きなだけで、大きくなったらその猫は捨てて新しい子猫を保健所から貰って自分で飼ってたんだよ。志垣はずっとその子に協力してたことを後悔してた。虐待っぽいこともあったようだし。それ以来、心を閉ざしちゃってね。でも、本当はすごく優しい奴なんだよ。だから、空君があいつを殻《から》の中から引きずり出してくれると嬉しい」

「そうだったんだ……」

傷つきやすく、臆病で、まるで子供みたいだ。それなのに、大人の顔も持っている。

そんな志垣のことが気になって気になって、どうしていいのかわからなかった。空や陸にビクついてみせるあの男は、桃子のことが好きだというのに……。

「じゃあ、僕は行くくね。お兄さんを見たら、逃げても無駄だよって伝えといて」

再び車に乗って行ってしまう上月に手を振り、それが見えなくなるとゆっくりと手を下ろした。

しかしすぐに歩き出そうとはせず、ぼんやりと考え込む。

(俺、もしかしたらあいつのことが好きなのかな)

それは、初めて抱いた疑問だった。

空は今までずっと、志垣を自分の子分のような感覚で見ていた。自分の言うことを聞いてくれる、可愛い弟分。

意地悪をすることもあれば、秘密基地を教えたりお菓子を分けたりすることもある特別な相手である。けれども今は、それだけではなくなっていた。

志垣を見る目が変わったのは、交通事故に遭ったボスを助けてもらった時だ。あの時、獣医として頼れる一面を見せられ、ボスの死に怯える心は志垣だけに縋った。さらに、志垣はボスを救ってくれただけでなく、自分を責める空を慰めてくれた。絶対そんなことないというのに、空のことを『天使のような子』とすら言ったのである。

あの時、肩に置かれた手の大きさや温かさは忘れない。

そして、桃子とのデートを尾行していた時、空の志垣に対する想いはすでに以前とは違ったものになっていたのである。

スーツが似合っていたことが意外で、志垣が自分の子分じゃなく、一人の大人だということを感じさせられた。桃子との会話をスムーズにできない志垣に呆れながらも、どこか浮足立《うきあし》った気持ちになったのは、決して志垣に対する意地悪な心からではない。

それは紛れもなく、独占欲だ。

この時空は、桃子に取られたくないという思いが、己の中に芽生《めば》えているのに初めて気づいた。

桃子に向けられる志垣の視線が、欲しい。

自分など眼中にないとわかっていても、それでも気を引きたくなるのだ。桃子と両想いになんかなって欲しくない。もっと構って欲しい。

(俺、あいつが好きなんだ……)

半ば呆然《ぼうぜん》としたまま、その事実を噛み締めた。志垣にこんな想いを抱くようになったのは、セックスの真似ごとをしたからではない。少しずつ、積み木を積み上げていくように好きになったのである。

チャーリーが尻尾を振りながら空を見上げているが、空はそれに気づかず、しばらくそこに佇《たたず》んでいた。

翌日、空は散歩のバイトを三件済ませ、弟たちの世話と留守番をしてから夕方になって家を出た。ホームセンターに寄ってドッグフードを買い込み、虐待オヤジのいる近藤家に向かう。

休みに入ってから散歩のバイトが増えたため、ここ数日はラブの様子を見に行っていない。久し振りに会う嬉しさもあったが、ちゃんとご飯を食べさせてもらっているのだろうかと考えていると、心配で歩調は次第に速くなっていく。

志垣に対する自分の気持ちは、どうしていいかわからず昨日から保留にしたままだ。といっても、忘れようとしてもすぐにそのことが浮かんでしまい、うだうだ考え込んでしまう。

「う、寒……」

風は冷たく、空は肩をすぼめた。近藤の家までもうすぐだと、脳裏に浮かんだ志垣の顔を打ち消して走っていった。そして、あと少しというところで、足を止める。

寒空に響いたのは、犬の悲痛な叫び声。

間違いなく、ラブの声だ。

「――ラブ……ッ！」

慌てて駆け出し、塀によじ登って中を覗くと、近藤がすごい形相《ぎょうそう》で空を振り返った。

何をしていたのか、右手はラブの首輪をしっかりと握っており、上に引っ張り上げられたラブは前脚が地面から浮いた状態になっていた。苦しいのか、ラブは鼻をキュンキュンと鳴らして助けを呼んでいる。しかも近藤の左手には、太めの木の棒が握られていた。

このままでは殺されかねないと思い、咄嗟《とっさ》に塀から飛び降りる。

「何やってんだよ、クソジジィ！」

「なんじゃ、このクソガキが！　性懲《しょうこ》りもなくまた来やがったか！」

近藤は拳を握って空に向かってきたが、勢いをつけて跳び蹴りを喰らわせた。陸が一郎相手によく使う技だ。空も子供の頃によく使った。今ほどこの技を体得していてよかったと思ったことはない。

「――――ぐっ！」

近藤は後ろに勢いよくのけぞると、積み上げてあった不燃ゴミの中へ後ろ向きにダイヴした。軽い脳震とうを起こしかけているようで、すぐに起き上がってこず、頭を上げようともがいている。

ザマァミロだ。

「こっちだ、ラブ！」

ラブを抱えて無理やり塀を越えさせ、空も続く。

「こ、こらぁ！　この泥棒、待ちやがれ！」

後ろから聞こえてくる怒号に鬼にでも追いかけられているような気がして、一人と一匹で必死で走った。ここで捕まったら、頭に血が上ったあの男は何をするかわからない。先に行けとラブに命令するが、空を気にしてか時々立ち止まって振り返る。

あんなに怯えているのに、空を身捨てないところがいじらしい。これではますます捕まるわけにはいかない。

その想いが力になったのか、いつの間にか自分たちを追いかけてくる声が聞こえなくなっているのに気づいた。後ろを振り返り、近藤がいないのを確認してからようやく立ち止まる。気温はかなり低いが、躰は温まって汗ばんでいる。もしかしたら、躰全体から湯気が上がっているかもしれない。

「よ……っ、よかった……な、ラブ」

空が中腰の格好で息を整えていると、ラブは近づいてきて目の前に座った。

「ど、する？　ラブ」

そう聞くと、ラブは尻尾を振りながら鼻を空に擦りつけてきた。こんなに可愛いのに、なぜ殴ったりできるのか理解できない。

息が整うと、ようやく自分が直面している問題がそう簡単に解決できるものではないと気づき、今さらながらにどうしようと途方に暮れる。

「連れて帰ったら、兄貴怒るだろうなぁ」

首を撫でながらその場にしゃがみ込み、毎日汗水垂らして働いている陸のことを思い出して頭を抱えた。つい最近も子猫を連れ帰ったばかりだ。飼い主は見つかってすでに引き渡しまで済んでいるとはいえ、そう時間が経たないうちに大型犬なんか連れ帰ったら、きっとまた怒鳴られる。同情を誘えば陸が根負けするのはわかっているが、頼る相手として浮かんだのは、性格のよく似た兄ではなく、別の男の顔だった。

「先生んとこ、行くか？」

同感、とでも言うように、ラブが吠える。

志垣なら、本気で助けを求めたらきっと力になってくれる。イケナイ遊びに興じて以来志垣には会ってないが、ラブを連れていけば家に行く口実になるし、一石二鳥だ。

そして、会いたい気持ちもあった。

志垣への気持ちに気づいてしまった今、どんな顔をすればいいのかわからないが、このまま悶々《もんもん》としていたって始まらない。

「よし、行こう！」

自分を勇気づけるように声に出して立ち上がり、ラブを連れて歩き出した。冷たい風が頬を撫でる。

どんな顔をされるだろうかと時折不安がよぎるが、尻尾を振るラブの姿に勇気づけられる気がした。せっかく買ったドッグフードを封を開けないまま置いてきたことを思い出して勿体なかったと後悔する余裕もでき、途中、コンビニで魚肉ソーセージを買ってラブと半分こした。

腹が膨《ふく》れたからか、志垣の家のチャイムを鳴らす頃には、随分と楽観的になっている。

「空、君……」

ドアは開けてくれたが、空の来訪を迷惑がっているかどうか定かではなかった。ただ、驚いているのはわかる。

それまでの気分はあっさり覆《くつがえ》り、次第に不安が色濃く広がっていった。そして、空の隣でお座りをして尻尾を振っているラブに気づいた志垣の反応に、ますます雲行きが怪しくなるのを感じる。

「その犬、どうしたんだい？　この前餌をやってた子だよね。ラブだっけ？」

「ちょっと……いろいろあってさ」

言葉を濁すと察しがついたようで、志垣の表情が険しくなった。行き当たりばったりの行動をする空に、呆れている——そう思うと、迷惑ばかりかける自分は、嫌われこそすれ好かれたりなんかするはずがないと思えてきて、能天気にここまで来たことを恥ずかしく思った。思い上がりもいいところだ。

「まさか、勝手に連れてきたんじゃ」

「なぁ、先生。こいつを近藤から奪えねぇかな。あいつ、ひどいんだ。ラブのことを叩いてたんだよ。首吊りするみたいに首輪を持ち上げてたり、あれは虐待だ」

「だから、連れてきたの？」

「ああ。飛び蹴り喰らわせてやったよ」

志垣はため息をついた。

さすがに飛び蹴りはヤバかったと自分でも思うが、あの時はああする以外思いつかなかった。言葉で説得できるような相手ではない。

「だってさ、可哀想じゃん。怯えきるまで殴るなんて……。こんだけやられりゃ、あいつ捕まんねぇかな？」

「跳び蹴りなんかしちゃったら、君が先に捕まるよ。残念だけど、警察は当てにしないほうがいい。君の犬ならまだ器物破損で訴えることもできるだろうけど、もともとあの男の犬だ。ああいう連中は言い逃れが上手いから、確実に証拠を摑まないと、躾《しつけ》と言われたらおしまいだよ」

「ど、どうしてそんなに冷めてんだよ？　ラブがひどい目に遭ってんだぜ？」

「わかってるよ。でも沢山のケースを見てきたんだ。中途半端なお節介が、状況を悪化させることだって多いんだよ。考えなしの善意が動物たちを追いつめてることだってある。綺麗ごとや理想だけで、世の中が上手くいかないことは君が知ってるだろう！」

責めるような強い口調に、たじろがずにはいられなかった。この男が激昂《げきこう》するなんて初めてのことだが、志垣の言い分はもっともで怒るのも無理はないと納得できる。

空は、自分がした軽率な行為を後悔していた。考えもなしに連れてきてしまったことが、ラブを今まで以上に危険な状況に追い込んでいる。ラブは近藤の犬だ。警察に窃盗だと駆け込まれたらすぐに返すしかない。そしてラブが手元に戻った時、あの男は空に対する怒りをラブにぶつけるだろう。

「でも、もう連れてきてしまったもんはしょうがねぇだろ。今さら言っても遅ぇよ！」

どうしていいのかわからず、空はつい強く言い返してしまった。そして何も答えない志垣に痺《しび》れを切らし、さらに墓穴を掘るようなことを言ってしまう。

「もういいよ、上月さんに頼んでみる」

志垣のこめかみに、微かなイラつきが走った。

「どうしてここで上月の名前が出るんだ」

「だって、上月さんなら弁護士だし、よく考えたら上月さんのほうが頼りになりそうだもんな。先生獣医だからきっと力になってくれるって思ったけど、選ぶ相手を間違ったよ」

わざと嫌な言い方をしたのは、否定しない。上月と比べて、当てつけたのだ。誰かと比べることが相手を傷つけるとわかっていたが、やってしまった。なんて馬鹿なんだと思う。

「じゃあ、上月に頼めばいい」

「……っ！」

踵《きびす》を返す志垣に何か言おうとするが、言葉が出なかった。目の前でドアが勢いよく閉まるのを為す術《すべ》もなく見ているしかなく、玄関の照明を落とされてもしばらくそこに佇んでいた。

明らかな拒絶。

病院に犬や猫の餌をたかりに行った時ですらこんな態度を取られたことはないのに、空は自分がどれだけ志垣を傷つけたのかを思い知らされたのだった。

「あ～あ、なんで俺はこうなんだろ」

公園のベンチに座った空は、ため息とともに独り言を漏らしていた。自分の気持ちに気づいた途端《とたん》、これだ。自ら志垣を頼っておいて「選ぶ相手を間違った」なんてよく言えたものだと我ながら呆れる。これまでもワクチンや餌など散々世話になってもいるのだ。それなのに、ちょっと意見されたからと言って逆切れをするなんて愚《おろ》かなことだ。

なぜもっと冷静になって話をしなかったのかと、嘆かずにはいられない。

「嫌われたかな。……って、元から嫌われてるか」

自分で突っ込みを入れ、力なく笑う。

そうだ。元から好かれる要素なんてなかった。いつも脅迫だのなんだのしては、迷惑をかけていたのである。好かれるはずがない。その証拠に、志垣はいつも空を見ると、見つからないよう目を逸らしてその場を立ち去ろうとしていたではないか。病院に顔を出すと、必ず何を催促されるのだろうと構えるのが癖になっていた。

大人だから空のことを大目に見てくれていただけで、近藤の家までついてきてフブの様子を見てくれたのも、ボスの手術をしてくれたのも、次の日に朝ご飯を食べさせてくれたのも、仕方なくだ。志垣の部屋でセックスの真似ごとをしたのも桃子に似ているからで、それを好意と取るのは勘違いもいいところだ。

何度もそう繰り返し、悲しさに唇を噛む。

「やっぱ、兄貴に頼んでお前をちょっとだけ居候《いそうろう》させてもらう。な？」

このまま公園で一晩過ごすわけにもいかず、空は家に帰ることにした。ラブが尻尾を振る姿を見せれば叩き出したりはしないだろう。

気性は荒いが、陸もかなりの動物好きだ。

「じゃあ、帰るぞ！」

から元気を出してラブの首を撫でてから家路につこうとしたが、いきなりラブが落ち着かなくなり、ウロウロとしながら辺りを気にし始めた。周りを見回すが人影はなく、ラブの態度に首を傾げる。

「どうしたんだ？　うちに来るの嫌か？」

先ほどまで左右に振っていた尻尾は今は垂れ下がっていて、耳も伏せた状態になっていた。空の袖を咥えて「あっちに行こう」としきりに訴えてくるのを見て、もしや近藤が……、と思ったその瞬間、空は背後に人の気配を感じた。逃げようとしたが、慌てていたせいで足を滑《すべ》らせてしまう。

「見つけたぞ！」

「――ぐ……っ」

頭部にものすごい衝撃を受け、目眩《めまい》を起こした空はそのまま倒れ込んだ。上を見ようとするが頭を上げることができず、地面や公園のブランコは横になったまま目の前に広がっている。丁度ビデオカメラを地面に落としたような感じだ。そして、その中に薄汚れたスニーカーが入ってくる。

（くそ……）

ラブが必死で吠えているのが聞こえるが、空はそのまま意識を手放してしまった。


微かな物音がしていた。

人間か動物か、何か生き物が近くにいる気配がする。

「う……」

激しい頭痛に顔をしかめながら目を覚ますと、そこは見なれない部屋だった。

日に焼けた畳と古びたタンス。カーテンも雨戸も閉められているため、今が昼なのか夜なのかまったくわからない。籠《こも》った空気は何年も窓を開けていないのではと疑いたくなるような独特な匂いをしており、気分が悪くなる。

空は猿轡《さるぐつわ》を噛まされ、首輪をされてリードに繋がれていた。それを辿った先には男があぐらをかいて座っている。近藤だ。

「目ぇ覚ましたか？」

近藤は、一升瓶《いっしょうびん》を横に置いて酒を飲んでいた。つまみをいくつか並べ、それを摑んで無造作に口に運んでいる。

かなり酔っているのは、確かだ。空を拉致《らち》したのは酒の勢いなのか、素面《しらふ》でも平気でこういうことができる男なのかはわからない。酔いが醒《さ》めた時に自分のしでかしたことに青ざめてくれればいいが、それもあまり期待できそうになかった。

「お前、よくも俺に飛び蹴りなんかお見舞いしてくれたなぁ。そんなにこのクソ犬が好きか？」

ラブは口輪で口を固定されて繋がれていた。治療などのために一時的に装着するようなものだというのに、いつからこの状態だったのだろうと、こんな飼い主に出会ったラブが不憫《ふびん》でならない。お前なんかに犬を飼う資格はない、と言いたかったが、猿轡を噛まされているせいでそれもできなかった。無意識のうちに悔しさを噛み締めていたらしく、奥歯がギリ、と小さく鳴った。

「なんだ、その目は」

近藤は空の前にドッグフードの入った器を置き、空の首に手を伸ばした。喧嘩慣れした空でも、この状態で近藤に近づかれると何をされるのかわからない恐怖に無意識に躰を硬直させてしまう。ラブはどんなに怖い思いで、この男のもとで飼われていたのだろう。そう思うと、もう少し早く何かしてやれなかったのかと今さらのごとく後悔する。

「大声を出したら、このクソ犬を痛い目に遭わせるぞ」

猿轡を外されたが、ラブが近藤の手の中にある以上声を出して助けを呼ぶこともできず、黙って近藤を睨むことしかできなかった。悔しくて情けなくて、どうにもならない状況の中でただその思いを何度も噛み締めさせられるだけである。

先生……、と心の中で呟き、空はそんな自分に驚かずにはいられなかった。

どうして、志垣なのだ。

嫌われてしまったというのに、いまだに頼りに思っているところに、自分の甘えた根性を見た気がした。

「ほら、喰えよ」

近藤は顎をしゃくって空を急かした。

「お前、犬が好きなんだろう？　たっぷり喰えよ。お前が持ってきた餌だからな。――ほら、喰えよ！」

「ぐ……っ」

髪の毛を掴まれ、餌の中へと顔を押しつけられる。体重を乗せられると、頭蓋骨《ずがいこつ》がミシミシと音を立てそうなほどの痛みにきつく目を閉じた。頭が割れそうだ。

空の顔が苦痛に歪《ゆが》むのを見て助けようと思ったのか、ラブがそれを止めようと前脚で近藤の太腿を掻き始めた。そんなことをしたら、近藤の怒りを買ってしまう――ラブにやめるよう言おうとした瞬間、近藤はラブの腹を蹴り上げる。

「――ラブ……ッ！」

悲痛な声を上げながら、ラブは部屋の隅まで転がった。尻尾がお腹につくほど怯え、目にもこれまでにない恐怖の色が浮かんでいる。

怖いだろう。痛かっただろう。

動物好きの空には、自分が痛めつけられる以上にラブがこういう目に遭うのは耐えがたいことだった。もし、また蹴られて口輪を装着したまま吐きでもしたら、自分の吐瀉物《としゃぶつ》を喉につまらせて窒息してしまう。ラブが死にそうになったからといってこの男が口輪を外して助けてやるとも思えず、空はすぐさまドッグフードに口をつけた。ガリガリと音を立てて噛むと、近藤は腹を抱えて笑い出す。

「どうだ、旨《うま》いか？　ほら、水も飲め」

「――ぐ……っ」

水の入った器に顔を突っ込まれ、上から押さえつけられた。いきなりだったため、水が気管支に入って激しく咳き込んでしまい、また殴られる。

「汚ねぇだろうが！　ったく、躾のなってない犬だな。俺が一から仕込んでやる。まずお手からだ。やってみろ」

催促されるが、縛られているため手を前に出すことなんてできなかった。近藤がそれを承知でやっているのもわかっている。ただ、命令を聞かない相手に暴力を振るいたいだけだ。

下司野郎《げす》……、と心の中で呟き、攻撃に備えた。

「お手と言ってるんだよ、馬鹿犬が！」

「ぐ……っ」

手の甲で平手打ちをされ、口の中に血の味が広がった。しかし、この程度で音《ね》を上げるような空ではない。ラブのために今は黙って殴られてやっているが、チャンスがあればいくらでも反撃してやるつもりだ。その瞬間が来るのを、空はじっと待っていた。

「お前は一生俺に飼われるんだ。そんな目ぇしたって無駄だ」

嘲笑《あざわら》う近藤の目に狂気が走った。この男は、本気で空を一生飼うつもりなのかもしれない。

しかし、その思惑を阻止するかのように玄関のチャイムが鳴った。早速チャンス到来かと近藤がどう動くのかを黙って見守るが、そう簡単にはいかない。

チャイムは無視された。

「お前、今逃げる算段しただろうが」

ニヤリと笑う近藤。さらにチャイム。空の心臓は緊張で踊りっぱなしだった。部屋は肌寒いというのに、汗がジワリと滲《にじ》む。

そして、三度目のチャイムがけたたましく出て来いと挑発すると、さすがにイラついたのか、空にもう一度猿轡を嚙ませた。

「すぐに戻ってくる。騒いだら、この犬を殺すからな」

近藤は、ラブを連れて部屋を出て行った。さすがにまだ動けず、そう上手くいくはずがないかと諦めかけたが、五分が経過しても近藤は戻ってこない。耳を澄ませると玄関のほうで言い合いをしているのがわかり、そうしているうちに揉《も》み合いに発展しているのが聞こえてきた。

(誰だ……？)

いっそう大きな物音が聞こえたかと思うと、慌ただしく駆け込んでくる足音が響く。

「空君っ、どこにいるんだ、空君っ！」

「ううっ、ぅう———っ」

「空君っ、大丈夫かい！」

ドアが勢いよく開き、志垣はすぐに駆け寄ってきた。猿轡を外し、縛《いまし》めを解こうとするが、完全に解ける前に近藤が戻ってくる。

「待てコラァ！　他人んちに無断で上がっていいと思ってんのか！」

「……っ！　――ぐ……っ」

志垣は拳をまともに喰らい、盛大にひっくり返った。メガネは吹き飛び、鼻血が滴《したた》り落ちてシャツを赤く染める。腰が抜けたのか、近づいてくる近藤を見て後ずさりし、壁際に追い込まれる。

自分の逃げ場がもうないとわかると、志垣の目に恐怖が宿った。絶体絶命。

「お前も殺されてぇか」

「――ひ……っ」

胸倉を掴まれた志垣は、今にも泣きそうな顔をしている。

「このクソジジィ！」

空は自分を拘束しているものからようやく完全に逃れると、振り向いた近藤に回し蹴りを喰らわせた。クリーンヒットとはいかずに反撃に出られるが、それをかわして今度は二段蹴りで応戦する。

殴る。蹴る。頭突きを喰らわせ、また殴る。

一発決まったら、間髪《かんはつ》容れずに攻撃するのが鉄則だ。情けなどかけてはならない。有利なうちにできるだけ多く手を出しておかないと、立場が逆転する可能性はどこにでも転がっている。危険極まりない。

しかし後ろに回り込み、首に腕をかけて落としにかかったところで空はようやく自分がヒートアップしすぎていたことに気づかされた。

「そ、空君っ。も、もう、やりすぎだ」

腰にしがみつく志垣に我に返るが時すでに遅しで、腕を緩める寸前、近藤は気を失ってしまった。見事な落ちっぷりだ。

「――げ、やべぇ」

完全に脱力した近藤を支えきれず、そのままズルズルと床に落とす。すでに白目を剝いていたため、一瞬殺してしまったんじゃないかと疑ったが、心臓は動いていた。殺人犯にならずに済んだと胸を撫で下ろし、手近にあったビニール紐で近藤を縛り上げて自由を奪う。これで安心だ。

「先生、ラブは?」

「逃がしたよ。口輪は外してやれなかったけど……、――ぁ」

物音がしたかと思うと、逃がしたはずのラブが戻ってきているではないか。

「――ラブッ」

名前を呼ぶと、気を失っている近藤に怯えつつも空に寄ってくる。すぐに口輪を外し、顎の下や首を撫でてやった。濡れた鼻をしきりに擦りつけてくる一途《いちず》さに、庇護《ひご》欲を掻き立てられる。

「よかったな、ラブ。この人が俺たちを助けてくれたんだぞ。先生のほうは大丈夫かよ?」

「う、うん。なんとか」

空は周りを見回してティッシュケースを見つけ、志垣の前にしゃがんで鼻血を拭いてやった。鼻血くらいで大袈裟《おおげさ》だと思うが、殴られ慣れていない男には大怪我も同然のようで、血を拭こうとティッシュを優しく押しつけただけで痛みに怯え、躰を固くする。しかも近藤が小さく呻《うめ》くとビクッとなり、すぐに身構えた。縛られた近藤に何ができるというわけでもないのに、このビクつきよう……。

相当の小心者だ。

また損な役回りをさせてしまい、これまで以上に関わりたくない相手になるだろうと思うと切なくなるが、自分なんかのために勇気を振り絞ってくれた優しさが嬉しくて、半分泣きながら笑った。

気が弱くて、危険なことにはなるべく近づかないようにしているような男だ。それなのに、たった一人で助けに来てくれた。近藤と揉み合ってラブを逃がし、部屋に飛び込んでくるようなすごいところも見せた。

臆病者でへっぴり腰のヒーロー。

敵には殴られ、助けに来たはずの相手に逆に守られ、あまつさえ傷の手当てまでされるヒーローは決してスマートではないが、空の目にはカッコよく映った。自分より強いとわかっている相手でも、何かを守るためなら向かっていくのが本当の勇気だ。地面に這い蹲《つくば》ることになろうが、殴られて涙を流すことになろうが関係ない。

志垣が好きだ。

たとえ嫌われていようが、志垣が好きだ。

「先生って喧嘩弱ぇな」

「わ、悪かったね。僕は、き、君みたいに暴力は使わないんだよ」

「そうか。そうだよな。それでも助けに来てくれたんだよな。ありがとう」

「空、君……？」

涙が零れそうになったが、なんとか堪え、空は志垣に笑顔を見せた。


事件から二日が経った。

あのあと、近藤は志垣の通報により監禁の現行犯で警察に引き渡された。以前にも暴行事件を何度か起こしたことがあるらしく、今度こそ実刑は免《まぬが》れないということだった。そんなに危険な男だったのかと、志垣が腰を抜かさんばかりに驚いたのは言うまでもない。

そしてラブは、近藤の手を離れることになった。引き取り手がない場合は保健所に連れていかれることになっただろうが、志垣が空の代わりに責任を持って飼うと約束してくれた。意外にあっさりと志垣がそう決めたのは、近藤をこらしめてくれたへっぴり腰のヒーローにラブが懐いて離れなかったからなのかもしれない。

警察に近藤を引き渡したあとは、ラブはまるで恋人のように濡れた目で志垣を見上げ、尻尾を振り続けた。

思わず嫉妬《しっと》したくなるほどだ。

「先生。でも、どうしてあいつに捕まってるってわかったんだ？」

「あのあと、君のことが気になってね。家にも帰ってないって言われたから、もしやと思って、あの家に行ったんだ。庭に忍び込んで家の中の様子に聞き耳を立ててたら、なんだか様子がおかしいし、ラブの声も微かに聞こえたから、一か八か踏み込んでみようって」

「違ったらどうしたの？　住居侵入罪なんて言われて警察を呼ばれたかも」

「その時は……そ、その時だ」

気が弱いくせに、警察に突き出されるのも覚悟の上だったのかと思うと、そんな志垣の気持ちが嬉しくて自然と笑みが漏れた。

「な、先生」

「なんだい？」

「あのさ……もう一回、桃子とのデートをセッティングしてやろうか？」

「え……っ！」

思いのほか大きかった自分の声に驚くほどの反応をしてみせる志垣に、桃子への想いを見せられたような気がして胸が締めつけられる。同じ顔なのに、志垣が好きなのは空ではなく桃子だ。

もし空が女でも、それは変わらないだろう。

そう思うと、自分の痩せ我慢が滑稽《こっけい》でおかしくなってくる。

本当は、こんなお膳立てなどしたくはない。好きな相手のためにひと肌脱ごうなんて、そんなお人好しではないのだ。

しかし、志垣は別だ。

歳が離れているうえ、あまり脈があるとも思えないが、楽しい思い出の一つくらい作ってやりたい。志垣が助けに来てくれなかったらどうなっていたかわからないと話をしたら、桃子は意外そうな顔で志垣を褒《ほ》めていた。

案外、大どんでん返しが待っているかもしれない。そうなったら寂しいが、志垣は喜ぶだろう。この男なら、桃子が成人するまで清らかな交際を貫くだろうことは想像できる。

空は自分を言いくるめて、最初の目的通りに話を進める。

「この前はただデートの約束だけだったけど、今度はちゃんとどんな店に行くかまで俺が考えてやるよ」

「そんな……いいよ」

「なんで？　桃子のことが好きなんだろ？　だったら遠慮すんなって」

「違う。そういうことじゃなくて……」

「まさかまた失敗するの怖がってんの？　だったら大丈夫だって。あいつの好みとか知ってるし、俺が考えたデートコースでデートすりゃ、あいつも先生のこと、少しは……」

「――空君」

強い口調で遮られ、空は驚きを隠せずに志垣を見た。何か怒るようなことを言ってしまったのだろうかと思って志垣を見ると、顔を赤くしたまま目を逸らされる。

もしかしたら、他人にどうこう言われたくないのかもしれない。純粋な気持ちだからこそ、自分の力で振り向かせたいということもある。

「ぁ……。ごめん、先生」

俺って本当にダメだな……、と落胆し、空は深く俯《うつむ》いた。これ以上何か言うと、また嫌われそうだ。怖くて、もうひとことも喋ることができなくなる。

どうしていいかわからず、志垣が次に何を言うのかじっと待っていた。

余計なお世話だと言われるだろうか。それとも、いきなり帰ってくれなんてことを言われるだろうか――。

誰かに対してこんなに怯えたことなどなく、これが人を好きになるということなんだと実感した。好きな相手は、同時に怖い存在にもなり得るのだ。

「空君」

「な、何？」

「あの……ぼ、僕は、……その……デートは、……そ、空君と……したい」

用意していた『ごめん』という言葉を言おうとして、自分が予想していたのと違う展開に顔を上げる。

「……？　――は？」

「僕は、桃子さんとじゃなく、君とデートがしたい」

そう言ったきり目を合わせようとはせず、志垣は唇を嚙み締めたまま黙りこくった。

言っている意味がわからず、空はポカンとしたまま何も行動に移せなかった。すると、志垣は気持ちを落ち着けようとでもいうのか、軽く深呼吸して空と視線を合わせる。いつも他人の反応にビクついているような男とは思えない、貫くような視線だ。

「ボスのために、ケージの前で肩を震わせて泣いてる君を見て、不謹慎だけど……変な気分になったんだ。その……欲情したんだよ、君に。いつも強くて怖い君が震えてると思うと、すごくイケナイ気分になった。もし僕がボスは助からないってひとこと言ったら、君は泣いただろう？　泣かせてみたいって思ったんだ」

「な、な、な、何言ってんだよ。ばっ、ばっかじゃねぇの？」

動揺するあまり憎まれ口を叩くが、志垣以上にしどろもどろになっていた。顔が火照《ほて》ってどうしようもない。

「ラブを助けてくれって言われた時、君の口から上月の名前が出て、嫉妬した」

「こ、上月さんは、そんなんじゃ」

「――わかってるよ！　わかってるけど、あいつに頼るべきだったなんて言われて、冷静でいられなくなった。あいつは昔からの友達だし、すごくいい奴なのに、上月が憎らしくてたまらなかったよ。君が好きなんだ」

反則だ。

空は、志垣の熱い視線に自分の気持ちを抑えられなくなっていた。

嫌われてなどいなかった。それどころか、好きだと言われた。

すごく、嬉しい。

けれども、どうしていいのかわからない。

「文化祭での桃子さん、あれ、空君だったんだね。桃子さんのクラスはリンゴ飴屋だったから、一日中浴衣だったたって聞いたよ。知らん顔してるなんて、君は嘘つきなんだね」

「――っ」

「僕が好きになったのは、最初から……空君、……君、だったんだよ。お礼をくれるなら、桃子さんとのデートじゃなくて、き、君とがいい」

想いをぶつけられるほどに気持ちが抑えられなくなり、空は決心した。今行動に移さなければ、二度と素直になれないかもしれない。

「デートだけかよ?」

「え?」

「デートだけでいいのかっつってんだよ」

「――わ……っ」

空は志垣を押し倒し、馬乗りになった。

『驚いている顔もイイ』なんて思っている辺り、相当の惚れ込みようだ。自分でもここまで志垣を好きになっていたなんてと、驚かずにはいられない。

「せ、先生。しよう?」

気持ちを告白するはずが、ただの欲求不満の高校生が性欲に走っているだけの台詞になってしまい、空はそんな自分を叱りつけた。

こんなことが言いたいんじゃない。

しかし舞い上がっていて、考えがまとまらない。

「ダメだよ、空君。き、君はまだ高校生だ」

「あんなことしといて、よく言うぜ」

「あ、あの時は……あの時だ。反省したんだよ。やっぱり、未成年の君には、しちゃいけないことだったって」

「今さら何言ってんだよ」

「わーっ」

志垣のシャツのボタンに手をかけると、志垣は焦《あせ》りながらこの暴走行為を阻止しようとしてか、空の手首を摑んだ。

何が『わーっ』だ。

こんなに好きにさせておいて、オアズケはないだろうとさらにボタンを外してシャツを引っぺがそうとする。

「先生っ、俺、……俺……っ」

「お、お、お、落ち着いて」

宥めようとする志垣の手は、こんなふうに自分から誘う空への拒絶のように思え、次第に悲しくなってくる。

本当は、気持ちがいいことをしたいだけじゃない。好きな相手とすることをしたいのだ。

それなのに、上手く言えない。

いいから落ち着け、と自分に言い聞かせ、空はなんとか志垣のシャツを脱がす手を止めた。このまま暴走すれば、ただの強制猥褻《わいせつ》罪だ。

「先生……っ、お、俺……っ！」

「なななななんだい……っ」

「俺もっ、す……っ、――好きなんだ！」

ようやく、自分の気持ちを口にすることができた。だが、志垣の反応はいまひとつだ。まだ伝わっていないのかと、あまりの焦《じ》れったさに思いつく限りの言葉を並べて気持ちを伝えようとする。

「だって、好きなんだよ。先生が好きなんだ。桃子とのデートを尾行したり、嫉妬したり、自分でも知らないうちに、先生が好きになってたんだよ」

「尾行って……空君」

「な、先生。しよう？　俺、今断られたら、恥ずかしくて、もう先生のところに行けない。だから、頼むから、しよう？」

この期《ご》に及んでスすることばかりを強調してしまう自分に、絶望的な気分になる。

ああ、もうダメだ。

力が抜け、俯いたままため息を零した。

空は男だ。志垣は自分を好きだと言ってくれたが、もともと少年が好きなわけではない。自分と同じものを股間にぶら下げている相手に襲われれば、目が覚めるかもしれない。

「わかったから空君、落ち着いて」

次第に落ち着きを取り戻し始めた空は、これ以上好きな相手の前で醜態《しゅうたい》を晒すのはよそうと、志垣のシャツから手を離した。

「……ごめん、先生」

こんなことなら、デートで満足しておくべきだったと思った。今すぐに気持ちを伝えようなんてせずに、一度家にでも帰って出直してくれれば、まともな告白ができたかもしれないと後悔せずにはいられない。

諦めを抱えた重い気分で志垣の上から退こうとした空だったが、二の腕を掴まれて動きを制される。

「！」

痛いくらいの力が籠められていた。もしかして、何か怒らせるようなことを言ってしまったのではないかと思い、志垣と目を合わせた。真剣な表情は、怒っているようにも見える。

「本当にいいのかい？」

「……先生」

「僕は今、ものすごく我慢してるんだ。せっかく君のために自制してたのに、そんなことを言われたら、抑えられないじゃないか。どうなっても、知らないよ」

言いながら、志垣の手が空の脇腹に伸びてきて、シャツの中にそっと入り込んできた。熱い手のひらに思わず息を呑む。

「……っ」

志垣が、気を遣いながら自分に触れてくるのがわかった。そんなに大事に扱わなくてもいいのにと思うが、それも愛情故なのかと思うと嬉しくなる。

「空君。本当に、いいんだね」

「うん、いいよ。先生、しよう。お願いだから、しよう?」

「そんなことを言うなんて、イケナイ子だ」

空いたもう一つの手が、今度は頬に伸びてきて、空は誘われるように目を閉じて口づけに応えた。


志垣は、ベッドで豹変する。

空はそのことを痛感していた。

いつも気弱な獣医は、男の顔をしていた。いや、雄の顔だ。他人の顔色を窺いながらビクついている普段の姿などどこにもない。欲情した雄の眼差《まなざ》しに晒されるだけで、気持ちが高まってし

まう。

メガネを外してサイドテーブルの上に置く一連の動作を見ながら、ああ、きっと自分は全部許してしまうだろうな……、という予感を抱いた。そして、近づいてくる志垣の顔をうっとりと眺める。

こうして見ると、本当にイイ男だ。

おどおどした態度が邪魔をしているだけで、目鼻立ちははっきりしているし、輪郭《りんかく》も整っている。そして何より、この熱い視線。

見つめられるだけでジリジリと躰を焼かれるような感覚に見舞われる。

それとも、それはただ惚れた弱みとでもいうのだろうか。

「ん……」

唇を重ねられたが、すぐに離された。額と額とを突き合わせた格好になると、志垣が色っぽい視線で空を見つめる。

女にはない、男の色香だ。

「この前はごめんよ。あんな中途半端な状態で、君に手を出してしまった。君がスカートなんか穿いてるから、自分を止められなかったんだ」

「スカートって……」

「勘違いしないでくれ。桃子さんとは関係ない。君がスカートなんか穿いてるのが、イイんだよ。病院に来ていつも僕を困らせる君が、あんな格好をして僕を誘うから……」

女装をした空を思い出すような表情をする志垣に、あの時のことが蘇ってくる。

「君の細い太腿がスカートから覗いた時、もう自分を止められなかった」

「……なんだよ、変態」

恥ずかしくてついそんな言い方をしてしまうが、それが逆に志垣を悦《よろこ》ばせたようだ。

「僕も、自分の中にこんな激しい部分があるなんて思わなかったよ。君が泣いたり、照れたりしているのと興奮する。今も、興奮してるよ」

「照れてなんかねぇよ」

「嘘つき」

少し笑った志垣に、下着を替えてくるべきだと言われた時のことを思い出す。

『パンティを穿いてこいってこと』

あんな台詞を言えるのだ。志垣はきっとむっつりスケベだ。

「先生って、実は……、——んっ」

唇を塞《ふさ》がれ、いきなり濃厚なキスをされた。目眩がしたかと思うと、そのままベッドに押し倒される。シャツをまさぐる志垣の手に小さく反応しながら少しずつ息を上げていき、志垣の息遣いもまた変化していることに気づかされた。

「ぁ……っ、……はぁ……、あっ」

キスは唇から少し離れ、耳朶《じだ》や首筋へも落とされていった。ぞくぞくとした感覚に声を抑えきれなくなる。

「んぁ、……ぁあ、……先生」

志垣の中心が、硬くなっているのがわかった。もちろん、空のもだ。まだ衣服を身につけている状態だというのに何を急いているんだと思うが、止まらない。

「好きだよ、空君。ものすごく、好きだ」

「せ、先生……っ、……ぅんっ」

降り注ぐキスの雨に積極的に応えながら、空のシャツを脱がせようとする志垣の手に応じて空も自ら衣服を脱ぎ捨て、今度は志垣のに取りかかった。ズボンのベルトを外して前をくつろげると、下着には収まりきれずにいるそれが目に入る。

「俺が、してやるよ」

「無理しないでいい」

「無理じゃない」

空は、屹立を口に含んだ。自然にそうできたことに、自分でも驚いている。入るかな……、とその大きさに少しばかり躊躇《ちゅうちょ》しながらも、少しでも喜んでもらおうと懸命に舌を使った。しかし、どんなに気を遣っても、時々歯が当たってしまう。

「うん、……ん、……ぅん」

自分の頭を優しく撫でる志垣の手に、自分の愛撫が稚拙《ちせつ》なのだというのはわかった。息もほとんど上がっていない。

「下手で、ごめん」

「どうして謝るんだい？」

「全然イキそうにないじゃん」

「でも、君にされて、すごくドキドキしてるんだよ。……ちょっと待ってて」

志垣はいったんベッドから離れると、手に小さなチューブを持って戻ってきた。

「ジェルだよ。何もないままじゃ傷つくだろう」

目の前で蓋《ふた》を開け、ジェルを指に出す志垣を見ていると、ほんのりと甘い香りが鼻を掠めた。

「大丈夫、優しくするから。ほら、うつ伏せになって」

言う通りにしなければならない気がして素直にそうしたが、自分が裸の尻を突き出している格好をしているかと思うと、恥ずかしくてならなかった。志垣はこんな自分を見て欲情できるものなのかと、疑問に思う。

しかし空の不安など打ち消すように、指は迷いなく蕾《つぼみ》に触れ、ほぐし始める。

「う……っく」

空はきつく目を閉じた。慣れない感覚に顔をしかめずにはいられない。無意識に逃げようとするが、志垣は空いた手で空の太腿を摑んで半ば強引に行為を続けた。

「息、吐いて。そしたらちゃんと入るから」

「――ぁ……っ」

指が、ゆっくりと秘壁を擦り、火を放っていく。

こんなのは、初めてだ。

苦しいが、それだけではない。痛みもあるが、疼きもある。次第に志垣の指に吸いつくようにほぐれていく自分を感じて、空は唇を噛んだ。

「……っく、……ん、……っく」

「もっと力を抜いて」

「んぁ……」

ふいに鼻にかかった甘い声が漏れたかと思うと、志垣の指が最奥まで届き、微弱な電流のようなものが脳天を突き抜けた。

「――あっ」

奥を刺激されると、腰が砕けたようになってしまい、志垣のなすがままになる。

「ここが前立腺だ。わかるかい？」

「うん……、……っく」

声を漏らすまいと枕に顔を埋めるが、ゆっくりと同じリズムで出し入れされる指に狂わされ、自分でも気がつかないうちに猫が背伸びをするように、尻を高々と上げてせがむような格好になっていた。もっと擦って欲しいが、言葉にはできない。涙目になっているのが自分でもわかり、抑えきれない欲望に翻弄されてしまう。

「せ、……先生……、せん、せ……」

もどかしくて、イキたがっている己の中心を握って前後に擦り始めた。しかしすぐに手を重ねられたかと思うと、優しく引き剝がされる。

「――ぁ……っ」

「ダメだよ。勝手にイッちゃダメだ」

「頼む、よ……、先生……、先生……っ」

「ダメだ」

これでは、蛇の生殺しだ。

一度はっきりとした刺激を与えられたものを途中で放り出されるつらさは、本人にしかわからない。しかも空はまだ高校生だ。ちょっとした刺激にすら反応してしまう年頃だというのに、このオアズケは拷問《ごうもん》に近かった。

普段は優しい志垣も、この時ばかりは意地悪な一面を隠しもせずに攻め立ててくる。

「早、く……」

これ以上焦らされたらどうなってしまうかわからないと、言葉でねだった。恥ずかしいなんて言っていられるほど、余裕はない。

「せ、……先生……っ、も……無理、……我慢、でき……ねぇ」

泣きごとなんて言う空ではないが、セックスに関しては別だ。もう限界すぎてどうにかなりそうだ。

頭は混乱し、涙が溢れそうになる。

このままでは、とんでもないことを口走りそうだ。いや、もうすでに何か口走っているかもしれない。

「本当に無理？　我慢できない？」

「——でき……ねぇよ……っ」

その言葉を合図に、屹立をあてがわれた。指で慣らしてあるとはいえ、先端すら上手く入らない。逃げ腰になる空を志垣の手が捕まえるが、再び腰を進められると逃げてしまう。

これでは、いつまで経っても繋がることなんてできない。志垣もそう思ったようで、半ば強引に挿入を試みる。

「……っ、……ひ……っく、……ぅ……っ、……んあぁ！」

空は、シーツに顔を埋めて襲ってくる苦痛に耐えた。

すごく、大きい。

裂けてしまう。

初めての行為に対する恐れを抱きながら声にならない声をあげ、志垣を呑み込んでいく。

「……ぁ、……あっ、——ぁああっ！」

根本まで収められると、ようやく身を引き裂かれるような苦痛から解放されるが、自分の中を満たすものの存在に震えていることしかできなかった。少しでも身じろぎをしようものなら、刺激がダイレクトに伝わってくる。

「……っく、——はぁ……っ」

志垣の息遣いも、少しつらそうだ。こんな思いまでして繋がりたいのかと、心の中で志垣に問う。そして、自分にも聞いた。

答えはイエスだ。

「締めすぎだ」

苦笑する志垣に、淫乱《いんらん》な子だと揶揄されている気分になった。実際、そうなのかもしれない。

つらくて苦しいのに、もっと深く志垣を欲しいと思っていた。いや、欲しいのは同じ繋がりでも
物理的なものではない。

心の絆《きずな》だ。

「……ふ……ぁ、……っく！　……んあぁ」

「綺麗、だ……」

いきなり腰を引かれたかと思うと再び奥まで収められ、いきなり始まる抽挿《ちゅうそう》にシーツをきつく摑んだ。夢中で空の髪の毛にキスをしながら、力強く腰を打ちつけてくる志垣の切実な様子に、言葉をかけられる以上にその気持ちが伝わってくる。

「先生……っ、……っ、……せん、……せ」

「……すごい、空君…………すごい、よ。こんなのは、……初めて、だ」

躰は無理を強《し》いられているはずだというのに、志垣の荒々しい息遣いとその台詞に、心は蕩けきっていた。

自分だってギリギリなのにどうして志垣までそんなに余裕がないんだと思うが、歳上の男が我を失いながら襲いかかってくるのが可愛いと思えてくる。

カッコよくリードされるより、ずっといい。

志垣に対する想いが、ますます大きくなっているのがわかる。余裕を欠いた吐息を聞かされるごとに、躰じゅうが性感帯になったように敏感になっていくようだった。

そして、先ほどからシーツをきつく摑んでいる手に気づいたのか、志垣の手が重ねられた。思いやりの片鱗《へんりん》に応えるようにお互い指を絡ませ合う。

「……そら」

「！」

「好きだよ、空……っ」

「せ、先生……っ、俺も……――はぁあ……っ！」

呼び捨てにするなんて反則だ。

空は自分の名前を呼ぶ志垣の声に触発され、白濁を放っていた。パタパタ……ッ、と微かに音がしたのと同時に、先ほどから空を責め苛《さいな》んでいる屹立が奥で激しく震える。

「う……っ」

志垣は、小さく呻きながら射精した。全部出してしまうと、空を後ろから強く抱き締めて体重を預けてくる。

「せ、先生……、……っ、……イッた？」

「イッたよ。……君の、中に……はぁ……、出したよ……」

掠れた志垣の声。

背中から伸しかかられているせいか、まだ胸板が大きく上下しており、興奮の大きさを教えら

れるようだった。自分だけではない。言葉では表現できない興奮をこの男も味わうことができたのだと、信じられる。

「空……好きだ」

「うん」

「君が好きだ、空」

「うん。俺も。俺も……好きだ」

「大好きだ……そら、……そら……」

まるで自分の本気を伝えようとするかのように、志垣は何度も繰り返す。それを聞かされていると安心し、空は志垣の腕に抱かれたまま眠りへ落ちていった。


やってしまった。

丸まった裸の背中は、そう言っているように見える。外していたメガネに手を伸ばして装着する志垣を、ベッドの中からじっと見つめていた。

あの熱い交わりから、約一時間。

男前の志垣から、いつもの気弱な獣医の顔になる。志垣らしくない志垣も好きだが、志垣らしい志垣も好きだ。

「なぁ、先生。もうやっちまったもんは仕方ねぇだろ」

「そ、そんなこと言ったって……き、君はまだ未成年だし」

「だからさぁ、黙ってりゃわかんねーって」

そう言うが、真面目な男にとってバレるバレないの問題ではないようだ。それなら最初からしなきゃいいのにと思うが、あんなふうに迫られて断れるほどの自制心があるわけでもないらしい。

困った大人だ。

「ところで、躰は大丈夫だった？」

ベッドに腰を下ろし、空の顔を覗き込んでくる志垣からは気の弱さと優しさが滲み出ており、いつもの志垣に思わず口許が緩んだ。

しかし、獣の一面が残っているような気もする。

「大丈夫に決まってんだろ。先生が優しかったからな」

わざと意味深な言い方をしてからかう空の意図がわかったのだろう。志垣は目を逸らして姿勢を正し、自分に言い聞かせるように決意表明してみせる。

「つ、次は、君が成人してからにする」

「えーっ」

いかにも不満だという声をあげるが、志垣は取り合ってくれない。

「いいよ。また俺が先生に跨《またが》るから」

「そ、そんなことしても無駄だよ」

「俺が誘ったら、絶対断れねぇくせに」

「そんなことないよ……っ」

斜め後ろから見た志垣の顔は、赤面しているように見え「この角度もいいな」なんて思ってしまう。

「な、先生。ラブを引き取ってくれて、ありがとな」

「急にどうしたんだい？」

「いや。ちゃんとお礼言っとこうと思って。それでさ……、その……野良たちの話だけど、やっぱ餌やっちゃいけないかな？　先生が言いたいことはわかるけど、もうあそこで生きてるんだよ」

空は、ずっと気になっていたことを口にした。すると困った子供を見るような目をされる。やはり、今も快く思っていないのだとわかると、少し悲しかった。

好きな相手とは、できれば意見が対立したままではいたくない。

「連れておいで。避妊・去勢手術してあげるから」

「え……？」

「君は嫌かもしれないけど、増えすぎると保健所に通報する人だって出てくるんだ。ガス室に追い込まれて殺されるなんて、そっちのほうが可哀想だろう？　ガスで死ねなかった子は、生きたまま焼き殺されるんだよ」

「俺、金ない」

「タダでしてあげる。昔はね、ボランティアの人に協力してたんだ。野良猫なんて昔からいたし、いるのが自然なのかもしれないけど、近所の人が大目に見てくれる程度にとどめておかないとダメだと思うんだ。これも、人間の勝手な言い分だけどね」

突然の申し出と完全でない笑顔に少し戸惑い、上月から聞いたことを思い出した。

運が悪く、いつも損ばかりしているというようなことを言っていたが、確かに志垣のような男なら騙《だま》しやすいだろう。自分のようなのに捕まったのも、ある意味そんな志垣の気質が招いたことなのかもしれない。

しかし、これが殻を破るチャンスなら、無理にでも引きずり出してやろうと思う。

「じゃあ、あいつらに聞いて『いい』って言ったら、連れてこようかな」

わざと軽い言い方をすると、志垣の笑顔が変わった。それを見て、安心する。

「あいつらに聞いてって……猫の言葉がわかるのかい？」

「わかるぜ〜。俺ってバイリンガルなんだ。そうだ、俺、獣医になろうかな」

「え？」

「動物の扱い方慣れてるし、長所を生かせるだろ？　今から勉強したら、間に合うかな？」

思いつきで言ってみただけだったが、いい考えのように思えてきて次第に本気になってくる。

ペット探偵を本職にしようかと思ったこともあったが、獣医もいい。

「授業料とかどれくらいかかるんだろ」

「奨学金を受けられたら、五百万くらいあれば卒業できる計算にはなると思うけど、実質的にはもう少し」

「そ、そんなにかかんのか……」

「お父さんに相談するといい。それより勉強が先だ。本気なら、協力するよ」

いきなり獣医なんて言い出す空の言葉を軽くあしらおうとはせず、本気で考えてくれる志垣に、この男のよさを見た気がした。

やはり、志垣は純粋だ。

「躰で返してやるから、勉強教えて」

ニッと笑うと、思った通り一気に顔を赤くする。冗談だとわかっていても反応してしまうところがおかしく、空はますますこの歳上の男のことが可愛く思えてくるのだった。

ろくでなし

なんだこれは。

相沢貴文《あいざわたかふみ》は中指でメガネを押し上げると、短冊に書かれた文字を見て思わず心の中でそう呟《つぶや》いた。手にしているのは、ご祝儀袋の水引の間に挟む専用の短冊だ。『寿』は金色の文字で印刷されているが、さすがに差出人の名前まで書いてくれるほどのサービスはなく、相沢は筆ペンを握って自分が書いた文字をなんとも言えない気分で眺めていた。

ミミズがのたくったようなそれは小学生が書いたかと思われる悲惨《ひさん》なデキで、とても人前に出せる代物《しろもの》ではない。三つ揃いのスーツを完璧に着こなし、銀縁のメガネをかけたエリートふうの男がこれを書いたというのだから傍《はた》から見るとおかしくもあるが、本人はいたって真面目である。

「くそ……」

オフィスの時計を見ると、午後十一時を過ぎている。

もう一度……、とチャレンジするが、相沢の『沢』のところですでにバランスを失っているのに気づいて再び筆ペンを置いた。

どうしてこう上手くいかないんだと、深々とため息をつく。

「……またやった。これ何枚目だ？」

机には、失敗した短冊が何枚も散乱していた。残業の片手間に準備するはずがこの有様だ。予備の短冊が入ったタイプの物をいくつか買っておいたのだが、それももうあと一袋になっている。コピー用紙で短冊を作る荒技も考えたが、さすがに紙質が違うため祝いの席にそんな非常識なものは持っていけない。

無表情のままそれらを一瞥《いちべつ》するが、心の中は違った。何度やっても上手くいかないことが悲しくなってきて、泣きたくなる。

（どうして俺はこうなんだ……）

軽く十五回は失敗しているのだ。泣きたくもなるだろう。

相沢は暁《あかつき》製薬に勤めるサラリーマンだ。サプリメントやスポーツドリンクなどを製造する大手メーカーで、業界ではトップの業績をあげている。しかも、二十七歳にして会社のメイン事業であるスポーツドリンク部門で営業企画室の室長という役職にも就《つ》いており、高い評価を得ていた。出世街道まっしぐらというわけである。

しかも、いつも背筋を伸ばしている相沢は見てくれもよく、狙《ねら》っている女子社員は多い。

整った二重《ふたえ》と通った鼻筋。唇は薄めで冷酷そうにも見えるが、同時に端整で理知的な印象を与える。常に気を張って仕事をしているからか、喋《しゃべ》り方や物腰一つ取っても洗練された大人の男という魅力が相沢にはあった。

しかし、完璧な人間などいない。

相沢は自他ともに認めるほど字が下手で、冠婚葬祭時には毎回こんな苦労を重ねている。同僚に象形文字だとからかわれたこともあるほどの崩れた文字は思わず噴き出したくなるほどひどい。仕事ぶりに関しては完璧で、時には歳上の部下すら叱り飛ばす厳しさを持っているだけに、すっかりコンプレックスになっている。

子供の頃から器用でなんでもそつなくこなしてきた相沢だが、これだけはどう頑張っても上達しないのだ。社会人として恥ずかしくない程度にはと、これまで通信教育などを使って努力したがどうしても結果に繋《つな》がらない。筆ペンなどはもってのほかだ。鉛筆《えんぴつ》で軽く下書きをしていても、バランスが取れずに今のように崩れてしまう。

「ダメだ。やめよう」

さすがに嫌気がさしてきて、相沢は直筆でご祝儀袋を完成させることを放棄した。プリンターで印刷すればいいだけの話だ。

出先でこういったものを用意しないといけないことになる可能性もあるため、練習がてら頑張ってみたが、さすがに限界だ。仕事ではどんな大きな問題に直面しようが、持ち前の根気強さと負けず嫌いな性格で解決していく相沢も、これだけは別だった。

「どうかしましたかー？」

いきなり声をかけられ、驚いて振り返ると、出入り口のところに警備員が立っていた。

身長は軽く百八十を超えるくらいだろうか。警備員というだけあり躰《からだ》つきは逞《たくま》しく、スポーツ選手といっても頷《うなず》けるだけのものがあった。紺の制服がよく似合っている。

自社ビルを持つ暁製薬は警備会社と契約しており、昼夜問わず警備員が常駐しているのだが、こういういかにも強そうな男が会社の安全を守っていると思うと安心できる。

「あ、いえ。なんでもありません」

そう言うが、警備員はつかつかと中に入ってきて相沢の机を覗《のぞ》き込んだ。そして、散乱している短冊を見ると中から一枚拾う。

「なんだこりゃ」

いきなり砕けた言い方で言われ、相沢は不機嫌に眉をひそめた。

「別に……なんでもないですよ」

「下手くそな字だなぁ。ミミズがのたくったような字は、あんたが書いたのか？」

あんた呼ばわりされ、『くそ』までつけて貶《けな》され、ますます眉間《みけん》のシワが深くなる。

一応この会社に雇われている警備会社の人間だ。敬語くらい使えないのかと、相沢はムッとしながら男の顔を見上げた。そして「ぁ……」と小さく声をあげる。

この男のことは知っていた。ある意味、会社では有名な人物でもある。

惣流《そうりゅう》一郎《いちろう》。

一警備員のフルネームを覚えているのは、めずらしい苗字《みょうじ》なのもあるが有名プロ野球選手と同じ名前というのも大きいだろう。最初に相沢の耳に入ったきっかけは、会社に忍び込んだオフィス専門の泥棒を捕まえたことだった。前科何十犯のプロで、もう何年も指名手配だったこともあり表彰を受けたという。

しかしそれだけではない。昼のシフトの時などに女子社員とよく会話しているようで、頻繁《ひんぱん》に話題に上る。

四十を過ぎた男だが、若い女性に人気があるのは年齢を感じさせない肉体とそれに見合った容姿をしているからだろうか。

日本人離れした鼻梁《びりょう》と厚めの唇。いささか濃いとも言えるが、日焼けした肌に似合っている。剃《そ》り残した髭《ひげ》がポツポツとあるのがわかるが、だらしないと取るかワイルドと取るかは人それぞれである。

しかし、後者のほうが多いのも相沢にはわかっていた。

匂い立つ男の色香を敏感に感じ取ることができるのにはそれなりの理由があるが、相沢は自分が普通とは違うことに後ろめたさを感じてはいない。出家した僧侶のようにストイックに生きると決め、それを実行することが女を愛せない自分への戒《いまし》めであり、それが守られているうちは自分の嗜好《しこう》が理想の人生を生きる障害になるとは思っていなかった。

少なくとも、字が下手だという欠点よりはマシだとすら思っている。

「あんた、下の名前は？」

男の色香をまざまざと見せつけられながら、尋問に近い口調で聞かれた。

「え？」

「下の名前だよ」

「貴文です。貴族の貴に文章の文」

思わず素直に答えると、一郎は短冊に手を伸ばした。

「あ！」

あと一枚しかない貴重な物だ。失敗したら、またコンビニに走らなければならない。

「ちょっと、何するん……、――っ！」

言いかけて、相沢は息を呑《の》んだ。

一郎は、短冊一つに悪戦苦闘していた相沢の目の前でサラリとその名前を書いてみせたのだ。日頃から書き慣れた者の優雅さすら感じる動作だった。

いつも髭を剃り残し、態度も決して紳士的とは言えず、はっきり言えばがさつな男といったタイプだというのにこの時ばかりは違った。しかもかなり達筆で、美しい文字に思わず見惚《みほ》れてしまう。

「これでいいか？」

「あ、……はい」

あまりの美しさに、お礼の言葉がすぐに出ない。ただ唖然《あぜん》とするだけだ。

字が下手な相沢にとって、こんなふうにサラリと筆を滑らせてご祝儀袋を仕上げてしまうのは理想だった。ひとことで言うなら、カッコいいのだ。字が下手なだけに、書道家など、男性が筆を使う姿に憧《あこが》れてしまう。

とてもそんなタイプに見えなかっただけに、驚きもひとしおだ。意外性というのは、時に人を魅力的に見せてくれる。

「どうした？　何ぼんやりしてる？」

「あ、ありがとうございます」

相沢は、頬が紅潮してしまうのをどうすることもできなかった。つい憧れの眼差《まなざ》しで見てしまい、クスリと笑われる。

もしかして変な誤解を招いてしまったかと思ったが、耳に飛び込んできたのは予想とはまったく違う言葉だった。

「しっかし、こんな汚ぇ字を書く大人は初めて見たぞ。うちのガキどもでも、もう少しマシな字を書くけどな」

一郎は失敗した短冊を手に取ると、ケラケラと笑ってみせた。一番触れられたくない部分だけに、面と向かって貶さなくてもいいだろうにとムッとする。

先ほど感じた尊敬の念は、一瞬にして消え失せた。やはり、他人の書いた字を下手くそと言ってのけるだけあり、デリカシーの欠片《かけら》もない男だ。

「す、すみませんね」

「あんたのことは知ってるぞ。相沢室長だよな。若いのに優秀だって聞いてる」

一警備員のくせによく知っているなと思うが、相沢も女子社員たちの会話から一郎のことを聞くこともあるため、それも当然のような気がした。

「その気になって練習すれば、ちゃんと書けるようになりますよ」

「そうは思えねぇけどな。なんなら俺が教えてやろうか？　金取るが……」

ニヤリと笑われ、すっかりコンプレックスを見抜かれていると気づいてますます意固地になる。

「結構です。教えてやるなんて言って、結局お金目当てじゃないですか？」

「ま、今さら練習しても遅いだろうし、無駄な努力はしないこった」

「そんなことないですよ！」

「はいはい。そんなにムキになるな」

軽くあしらわれ、喧嘩《けんか》を売っているのか……、と一郎に対するマイナスの感情はさらに大きくなる。こめかみには血管が浮かんでおり、クールなはずの相沢は完全にペースを乱されていた。

「じゃ、俺は見回りがあるから行くぞ」

「ちょっと待ってくださいよ」

「ん?」

立ち止まって振り返る一郎を睨《にら》み、挑むように言う。

「じゃあ教えてくださいよ。上手くなってみせますから」

自分が子供じみたことをしているのはわかっていた。けれども、こんなふうに笑われたままでいるのはゴメンだ。見返してやりたい。

驚くほど上達した自分の字を見て驚く一郎の顔を想像し、一人やる気を漲《みなぎ》らせる。

「いや、断る」

「!」

予想外の返事に、肩透かしを喰《く》らった。

自分から教えてやろうかと言ったくせに、断るとは何事だ。

普段はどんなことに遭遇しても冷静な相沢だが、字が下手なことを笑われて頭に血が上っていたのか、一郎の言葉に完全に子供じみた反発心でいっぱいになる。

「あ、あなたが教えてやろうかって言ったんですよ?」

「俺はそんなに暇じゃないんだ」

「俺だって忙しいんですけどね、あなたが教えてくれるって言うから……」

「人にものを頼む時には、言い方ってもんがあるだろう」

「ぐ……っ」

相沢は言葉につまった。

今まで礼義に欠けるような振る舞いはしたことがなかったのだ。幼少の頃から両親は留守がちで、ほとんどベビーシッターに育てられたような相沢だが、それだけに他人にあれこれ言われないよう躾《しつけ》に関しては子供の頃から口煩《くちうるさ》く言われてきた。

まるで礼義知らずのように言われるのは心外である。

「あ、あのねぇ！」

「きちんと頼んだら、引き受けてやるぞ」

違う。こちらから頼んだわけじゃない。一郎が挑発したから受けてやろうと思っているだけだ
——そう言いたいが、一郎はすぐさま踵《きびす》を返してオフィスを出ようとする。

「ちょっと、逃げる気ですか？」

「ああ、そうだよ。すぐに喰ってかかる礼義知らずのガキみたいなあんたの相手をしてる暇なんてないんでな」

「それはあなたが失礼なことを言うから」

「なぁ、あんた、俺を見返したいのか？　それとも字が上手くなりたいのか？」

真剣に聞かれ、思わず素直に答えてしまう。

「……どっちもです」

一郎は破顔した。

「あんた、思ったより素直なんだな。もっといけ好かない奴だと思ってたよ」

好かれているはずなどないのに、優しさすら感じる目で見られて毒気を抜かれてしまった。今なら素直に言える。

「あの、字を教えてくれますか？」

「そんなに言うなら頼まれてやる。言っとくが、俺は結構スパルタだからな」

一郎はそう言うと「明日の夕方にでも連絡しろ」とつけ加えて、失敗した短冊の裏に自分の携帯番号を筆でさらりと書いてみせた。

相沢が憧れる男の姿を見せつけられ、また言葉をかけるチャンスを奪われた。

一郎が立ち去ると、相沢は静まり返ったオフィスに佇《たたず》んだまましばらくぼんやりする。

『もっといけ好かない奴だと思ってたよ』

たかがご祝儀袋の名前とはいえ、いけ好かない相手のために筆を取ってくれるのだ。あの男は……。自分なら知らん顔をするだろうと思い、意外に人間ができているんだと感心したが、すぐにハッとなった。

「結局、俺が無理を言って頼んだみたいになってるじゃないか」

もしかしたら、まんまと乗せられたのかもしれない。

そう思うが、さすがに今さら追いかけて再び喧嘩を挑むほど子供でもなく、今日は自分が負けたんだと思ってありがたく一郎が書いた短冊を使わせてもらうことにした。


それから五日。そこには、早くも一郎と関わったことを後悔している相沢がいた。

あのあと、一郎に連絡をしてお互いの予定をすり合わせてようやく習字の稽古《けいこ》が始まったのだが、思った以上に厳しく、字を習っているのか忍耐力を試されているのかといった状態だった。

「違う違う。筆の持ち方はこうだ。あんた、本当に小学生以下だな」

相沢は言いたい放題言われながら自分の部屋で筆を握り、ラグの上に正座をしてリビングのテーブルに向かっている。

冷静になると、自分がとんでもないことにチャレンジしているのだと思い知らされた。

相沢は、基本的に他人と深く関わり合うことを得意としないのだ。

相沢の両親は子供の頃から仕事三昧《ざんまい》で、家族で食卓を囲んだことはほとんどない。父親は一年のうちのかなりの時間を海外で過ごし、母親も仕事が生き甲斐《がい》なキャリアウーマンで不在がちだ。そんな両親だったため、物心ついた時にはすでに家政婦が帰ったあとのキッチンで一人食卓に向かって食事を取るのが当たり前になっていた。

おかげで自立心だけは人一倍育ったが、逆に他人に甘えたり子供同士本気で遊んだり喧嘩をしたりすることが上手くできないまま大人になってしまった。

仕事という大前提がある時は、いくらでも社交的になれるし必要なつき合いはできるため気づいていないが、実は本人が思っているほどコミュニケーション能力に長《た》けているわけではない。むしろ劣っていると言ったほうがいいだろう。

そんな相沢がさして親しくもない人間を部屋に呼び、マンツーマンで習字の稽古をしているのだ。しかも、一郎のようなタイプが苦手だというのはすっかり見抜かれており、さらに悪いことに、一郎はそれを愉《たの》しんでいる。遊ばれていると言ってもいい。

その証拠に、一郎が相沢のマンションに来ると言った時の顔といったら……。

『あんたのマンションでやるぞ』

それは、予定の調整をした相沢が昼のシフトを終えていったん家に帰ろうとした一郎を呼び止めた時のことだ。どこでやるのかまでは考えていなかったため、突然自分のテリトリーを侵害されるとわかり、戸惑ったのは言うまでもない。

『お、俺の部屋に来るつもりですか？』

『なんなら俺んちでもいいが、うちはガキがわんさかいるからな。あんた、ガキが嫌いなんだろう？　大家族なんてもってのほからしいじゃねぇか』

一郎は「なんでも知ってるぞ」とばかりにニヤリと笑った。

実を言うと、家庭環境のせいで大勢の中に身を置くことが苦手な相沢は大家族モノのドキュメンタリー番組も大嫌いだった。両親と希薄な親子関係しか築かなかった相沢にとって、家に十人以上ひしめき合っているなんて考えられないことだ。洟《はな》を垂らしたような子供たちが阿鼻叫喚《あびきょうかん》するさまに拒否反応が出てしまう。

子供を沢山作っただけなのに、なぜあんなふうにもてはやされるのかわからない。

『それは……』

『まぁ、あんたも思ってるだろうが、無計画に子作りした結果だからな。俺は学のない貧乏人だから、計画性はない』

貧乏子沢山を軽蔑するようなことを言ったこともあるだけに、さすがに面と向かって言われるとバツが悪い。しかも一郎は、後ろめたさを感じて何も言えない相沢を見て愉しんでいる。人づてに相沢の発言を聞いたのは間違いなかった。

あの時の一郎の心底愉しそうな顔は、忘れない。まるで苛《いじ》めっ子のような目だった。

「ほら、違うっつっただろうが」

一郎はあぐらをかき、だらしなくテーブルに肘《ひじ》をついた格好で相沢が筆を走らせるのを眺めていた。しかも、咥《くわ》えタバコという行儀の悪さ。こんなのが師匠かと己の人選ミスを恨んだが、やはり字は格段に上手いのだ。一郎がここに来てすぐ書いてみせた手本は、とてもこのがさつな男が書いたと思えないほどのデキだった。日本人に生まれてきてよかったと思うほど、芸術的ですらある。

字の美しさに憧れる相沢には、このギャップがどうしても納得できない。

「ほら、一回筆に墨《すみ》をつけたら一文字全部書くのが基本だと言っただろう。途中で切るな。流れ

を切るからダメなんだって何遍言ったらわかるんだ？　え？」

習字紙を丸めた物で、頭をパンパンとはたかれる。

もちろん痛くはないが、かなり屈辱《くつじょく》的だ。

両親にすら物で叩かれたことなど一度もないというのに、行儀の悪い不良オヤジに好き放題叩かれ、言いたい放題言われ、我慢も限界にきている。

人を劣等生扱いする前に、そのだらしなく生えた不精髭と咥えタバコをなんとかしろと言いたい。

「ちょっと！　そんなにペンペン叩かないでくださいよ！」

「あー？」

「あのねぇ、教えるほうにも態度ってものがあるでしょう！」

「いちいち煩い奴だな。普段は歳上の部下すら叱り飛ばしてるからなぁ、俺なんかに言われて悔しいか？」

挑発的に笑う一郎に、返す言葉がない。心の中を見透かされている。

怒れば怒るほどこの悪趣味な男を悦《よろこ》ばせそうで、相沢は「冷静になれ、冷静に」と何度も自分に言い聞かせた。

「お、教え方が悪いんじゃないですか？」

感情的にならないよう、軽く嫌みを言って挑発し返すが、一郎に通用するはずがない。子供に喰ってかかられたと言わんばかりに、余裕綽々《しゃくしゃく》で笑ってみせる。

「ほー。出世頭のエリートさんが、自分ができないことを他人のせいにするのか」

「う……」

「あんたの字は、教え方云々《うんぬん》以前の問題だ」

「す、すみませんね。下手くそで」

メラメラと闘争心を燃やし、気を取り直して筆を取る。

（くそ、今に見てろよ……）

しかし、再び向かった紙の上に現れた文字はとても見られた代物ではなかった。

「あ～あ。全然ダメだな。劣等生」

一郎はそう言って灰皿にタバコを置くと、正座をする相沢の後ろに膝立《ひざだ》ちになり、筆を持った手を上から握った。いきなりのことに戸惑うが「前を見ろ」と言われて素直に従う。

一郎の手が白紙の習字紙の上に添えられると厚い胸板が背中に密着する。

「恐る恐る書くな。どーせ下手なんだ。思いきり行け。筆ってのはな、鉛筆と違って三次元の動きなんだよ。縦横のバランスだけじゃない。上下の動きもしっかり身につけろ。筆が上手く使えるようになったら、万年筆だろうがボールペンだろうが、どれで書いても上手く書けるようになる」

一郎はトン、と紙の上に筆を置いた。一気に横に筆を走らせると力強い線が生まれる。留める部分をきっちりと処理すると出来上がりだ。たった一本の線だが、それは相沢の心を捉《とら》えて離さない。

（すごいな……）

一郎に手を取られて字を書くのは、気持ちよかった。まるで生きているように筆が動く。一郎が書く字が生き生きしているのも当然だと思った。こんなふうに動く筆から生まれる字が、生きていないはずがない。

「どうだ？　ちょっとはわかったか？」

「は、はい」

先ほどまで反発心でいっぱいだったというのに、今はただただ尊敬するばかりだった。

一郎に背中から抱きつかれるような格好で手を取られたことに、心拍数が上がったのは否定しない。もともと女を愛せない相沢だ。一郎が男臭い色気を振り撒《ま》いているからこそ、平常心を失うのも頷ける。

けれども今、やましい気持ちはまったくなかった。あるのは、純粋な尊敬の念だ。

一人でこんなふうに書けたら、もっと気持ちいいだろうと思う。自由に筆を滑らせてみたい。

こんなふうに書きたい。

反発心から始めたことだが、今、相沢はそんな思いでいっぱいだ。

「ほら、忘れないうちに書いてみろ」

「はい」

一郎に手を握られたまま書いた感覚を忘れないよう、頭の中で繰り返しながら筆に墨を含ませた。そして言われた通り怖がらず、思いきって紙の上に落としてみる。

「あ……」

べしゃ、と墨が飛び散ったかと思うと、へろへろとした横線が走った。最後はなんだかあやふやな留め方で締め括《くく》ってしまう。

こんなはずではなかったのに……。

「――ぷ」

「わ、笑わなくてもいいじゃないですか！」

まさか噴き出されるとは思わず、相沢は顔を真っ赤にして怒った。人が真剣に取り組んでいる姿を見て笑うなんて、小学生かと言いたくなる。大人なら、おかしくても我慢するのが礼儀だろう。

「いや、悪い悪い。あんたみたいなのが悪戦苦闘してるのが可愛《かわい》くてな」

笑いを堪《こら》えようとしているのがわかるが、肩が激しく上下していた。そんなにウケなくてもいいと思うが、悪気はないらしく、相沢は諦めて肩を落とした。

笑えばいいさ。

そんなやけっぱちな気持ちになり、一郎が笑い終わるまで不貞腐《ふてくさ》れた表情を晒《さら》していた。


習字の稽古が終わったのは、夜の十時過ぎだった。

一郎はこのまま家には帰らず、交通整理のバイトに行くことになっている。時間がないため、家から持ってきた弁当を広げて掻《か》き込んでいた。

「お茶どうぞ」

「おお、悪いな」

「警備員だけでも大変でしょう？　その上交通整理のバイトですか？」

「うちは貧乏子沢山だからな。金はいくらあっても足りねーんだよ」

出されたお茶に口をつけながら、口許を緩める。

貧乏子沢山を強調するところを見ると、子供や大家族が苦手な相沢に当て擦《こす》っての発言のようだ。あんなふうに思っていたのは反省したから許してくれと言いたいが、面と向かって非難されたわけでもないため黙って聞いているしかない。

「だけど奥さんも大変ですね」

「妻はもう死んだよ」

「あ、すみません」

妻に先立たれたとは知らず、相沢は深く考えもせずプライベートに立ち入ったことを反省した。けれども一郎は、妻の死を克服しているらしくなんでもない顔をしている。

「弁当は桃子《ももこ》が作ったんだ。今高二でな、美人だぞ」

自慢げに子供の話をする一郎を見て、意外な一面に少し興味が湧いた。

「お子さんは何人いるんです？」

「八人だ」

「は、八人も？　奥さん、すごいですね」

「いや、あいつが産んだのは上の四人だけだ。あとはそれぞれ別の女に産ませた。みんな産むだけ産んでトンズラしやがったがな」

「トンズラって……」

やはり、一郎は一郎だった。一人二人ならまだわかるが、四人も置きざりにされるまで女遊びをやめなかったのかと呆《あき》れる。

いや、もしかしたら、今でも女遊びは続けているのかもしれない。この男に、常識なんて言葉は通用しそうにないのだ。

「どうしてそんなにいろんな女性に子供を産ませたんですか？　経済的なこととか考えなかったんです？」

「正直言うとあの頃は荒れてたからなぁ。もともと俺はろくでなしだから、女遊びはひどかったんだよ。彩子《あやこ》が……ああ、死んだ妻の名前なんだけどな、あいつと出会ってからは彩子一筋だったが、その前は滅茶苦茶《めちゃくちゃ》だったし、あいつが死んで三回忌が過ぎるとどうにもやりきれなくてなぁ」

それだけ死んだ妻を愛していたのだろう。

節操のないろくでなしなのか、それとも一途《いちず》に一人の女を愛する男なのか――。

一郎に対する興味がますます深くなっていく。この男は、相沢の人生にはいなかったタイプの人間だった。

「そういうのを節操なし、考えなしって言うんですよ。だから苦労してるんでしょ？」

「苦労？　なんの苦労だ？」

「しらばっくれないでくださいよ。仕事とバイトをかけもちなんかして、寝る暇もないじゃないですか」

忙しい一郎に習字の稽古まで頼んでいる自分の台詞《せりふ》ではないとチラリと思ったが、あまりに無計画な一郎に言わずにはいられない。

「確かに俺は行き当たりばったりだが、苦労だとは思ってねぇぞ。どんなふうにしてデキたかなんて関係あるか。女遊びの結果だろうが、みんな俺の子供だ。子供は可愛いよ」

相沢は何も言えなかった。

相沢の両親は仕事で飛び回ってはいたが、自分たちがどれだけ息子を愛しているのかを言葉で説明してくれた。お互い仕事に生き甲斐を感じているのにわざわざ結婚して相沢を産んだのは、それだけ欲しかったからだと言ってくれた。確かに触れ合う時間は少ないが、欲しかったからきちんと計画を立て、仕事を調整したのだと。

だから相沢も、寂しいなんて言ったことはなかったのである。

そんな愛情の注がれ方をしてきたせいか、無計画に子供を作る人間を軽蔑すらしてきたが、一郎のように行き当たりばったりでもこんなに子供を愛せるのだと思うとそれもいいような気がしてくる。

一郎は、これまで相沢が基盤にしてきたものを崩す何かを持っている男だと思った。

そして、話を聞きながら箸《はし》を持つ一郎の手に自然に目が行く。

無骨《ぶこつ》な労働者の手だ。

指は太く、ささくれや傷も多くて綺麗《きれい》な手とは言えないが、男臭い手だと思った。頼り甲斐のある手と言ってもいい。

箸の使い方が上手いのも、意外だった。

相沢は今でこそ上手く使えるが、母親が仕事で常に不在だったせいで小さい頃は箸の持ち方がなってなかった。小学五年生の時に指摘されて自分で矯正《きょうせい》したのである。

「ん？　なんだ？」

「あ、いえ……別に」

「欲しいのか？」

一郎は、弁当箱の中のリンゴを爪楊枝《つまようじ》で刺して相沢の口許に持ってきた。

「いいえ。別に欲しく……」

「ほら、あーん」

「ですから欲しくないって……」

「あーん」

「ちょっと、やめてくださいよ」

「あーん」

無理やり鼻先に掲げられ、相沢は明らかに迷惑そうな顔をしたが、それでも一郎はやめない。あんまりしつこいので、ここは貰《もら》っておくかと「あーん」と大きく口を開けた。すると一郎はさっと手を引く。

「桃子が剝《む》いたリンゴを喰うのは十年早い」

そう言ってひと口で自分の口に収めると、もぐもぐと口を動かしながら勝ち誇ったように笑った。これ見よがしに「旨《うま》い！」と言ってみせるところが腹立たしい。

「子供みたいなことしないでくださいよ！」

まんまと引っ掛かってしまったことが悔しくて、顔を真っ赤にした。

（ダメだダメだ。騙《だま》されるな。この人はこういう人なんだ。丸め込まれるな）

先ほどまで一郎のような生き方もありかと思いかけていたが、やはりただの行き当たりばったりの節操なしだと自分に言い聞かせる相沢だった。

「こんな企画書でいいと思ってるのか？　お前は何回新商品の販売に携《たずさ》わってきた？」

忙しく働くオフィスの雑音に、相沢の厳しい声が重なった。声を荒らげてはいないが、冷静に問いつめる相沢の声は怒鳴り散らすより何倍も迫力がある。

「まず根拠になるデータを徹底的に揃えろ。誰が見ても納得できるものじゃないと使いものにならない。作り直しだ」

「はい、申し訳ありません」

部下の青年は相沢の言うことはもっともだと納得したようで、深く頭を下げた。自分が提出した企画書を受け取り、厳しい顔でそれを眺めている。

「お前には期待してるんだ。今が一番しんどい時期だろうけど、踏ん張ってくれ」

「は、はいっ」

部下の表情が、一瞬にして変わった。

ポッキリと折れてしまわないよう、最後にはちゃんとフォローを入れるのが相沢が若くして人望を集めている要因でもあった。

特に若い社員には厳しすぎるくらいの態度で接しているが、決して言いっぱなしにはしない。だからこそ上手くいかなくてもやる気を失うことなく、仕事に対するモチベーションを保っていられる。

「室長。そろそろ会議の時間です」

「ああ、今行く」

主任に呼ばれ、相沢は席を立った。半年後に発売される新しいスポーツ飲料のテレビCMを制作会社に外注で出しているが、そのプレゼンが今から行われるのだ。最終的な決定権は上層部にあるが、相沢にも発言権はあり、その意見は随分《ずいぶん》と重要視されている。

「やっとプレゼンですね。こんなに仕事が忙しいと、趣味の時間もなかなか……」

「お前はスポーツしてたんだよな」

「はい。学生の頃はラグビーやってて、その時の仲間と躰動《からだ》かしてます。室長は趣味とかないんですか?」

「まぁ、ないことはないが」

「え、なんですか? 教えてくださいよ」

「他人に言うほど上手くもないから」

一郎に習字を教わるようになって、約一ヵ月。

お互い忙しい身で時間の調整がなかなかできないが、それでも三度は会っている。一郎を見返してやりたくて一人でもよく筆を握っているが、意外にこれがいい息抜きになっているのも事実だ。墨を磨《す》ってみるのもいいと言われて何度か試したが、心が落ち着いて仕事につまった時など、書く時間がなくても墨を磨ることもあった。

とはいえ、上達しているかというと話は別である。

習字に関しては劣等生もいいところで、いまだに直線と円で基本を練習している。

(どうしてこう上達しないんだ……)

企画書につけた付箋紙《ふせんし》に書いた自分の走り書きを見て、現実を見せつけられる。そして、ロビーの柱の横に警備員の姿を見つけた。

一瞬一郎かと思ったが、よく見ると別の男だ。今日は夜のシフトらしい。

「どうしたんです?」

「あ、いや。別に……」

相沢の視線の先に警備員がいたのに気づいた主任は、思い出したように言う。

「そういえば、うちの警備に入っている人で惣流って人がいるの、ご存じですよね？」

「ああ、うちのオフィスに泥棒に入った指名手配犯を捕まえた人だろう。知ってるよ」

「あの人、ラグビー選手だったんですよね」

なるほど。スポーツ選手だったのなら、あの体格も頷ける。若い頃から基礎を作ってきたからこそ、あの野性的で美しい肉体ができるのだ。

「惣流さんは注目の人だったんです。あの惣流選手だったと知った時は驚きました。憧れだったんですよねぇ、すごい選手で。でも、喧嘩に巻き込まれたのが原因で怪我しちゃって再起不能ですよ。相手が悪いのに、マスコミからは結構叩かれて。放り出されるようにして会社も辞めてるんですよねぇ」

主任の話によると、一郎は高校を卒業してすぐラグビーで実業団に入り、一年足らずで頭角を現してすぐに花形選手になったという。けれども数年後、長男が生まれて間もない頃に事件に遭遇した。つまり、これからという時期に仕事を失ったのである。

会社や世間を恨んでもよさそうだが、今の一郎からはそんな空気は読み取れない。それとも、解雇された当初は腐ったり会社や世間を恨んだりしたのだろうかと相沢は思った。

「もう一度見たいなぁ。あの人のプレイ」

頬を紅潮させるほどの人なのか……、と主任をまじまじと見つめた。一郎を知れば知るほど、意外な部分が出てくるのだ。

はじめは、無計画に子供を作って苦労を重ねているだけのただの貧乏人だと思っていた。苦労しているのは、大した努力もせずにいい加減に人生を過ごしているからだと……。

けれども栄光も挫折《ざせつ》も知っており、今は子供のために懸命に働いている。

「あ。すみません、語っちゃって。会議に間に合わなくなりますよ、行きましょう」

時計を見て慌てて歩き出すが、心はここにあらずだ。

過去をあれこれ詮索《せんさく》するのは行儀のいいことではないと思いながらも、一郎に対する興味をどうしても抑えられずにいた。


「ああ、ラグビーやってたぞ」

四度目の稽古で相沢のマンションに来た一郎は、相沢の質問に嫌な顔一つせず答えた。

稽古のあとは交通整理のバイトがあるらしく、今日も次女が作った弁当を自慢げに披露してみせる。いろんな具の入った大きなおにぎりとから揚げとブロッコリー。ちゃんと栄養のバランスを考えているようだ。

「恨んでないんですか?」

「何をだ?」

「会社ですよ。手のひらを返したようにクビになったんでしょ？」

「ラグビーで入社したようなもんだからな。選手として使いものにならねぇんだ。俺も居づらかったし、双方の合意ってやつだ」

「でも、いきなり解雇なんて、不当です」

一郎は根に持っていないようなのに、自分がなぜ怒っているのかわからなかった。特別正義感が強いわけでもないが、なぜかこの感情を抑えられない。

「あの頃は彩子が生きてたからな。大事な女がいるだけでよかったんだよ。ガキも生まれたばかりだったし、忙しくしてたからそこまで気が回らなかったってのもある」

そんなふうに言えるのは馬鹿だからか、それともデキた人間だからか。

自分なら、きっとそう簡単に割りきることはできないだろうと思う。一郎の強さを見た気がして、何も言えなくなった。こういう人間こそ、逆境に強いのかもしれない。

「なぁ、俺も一つ聞いていいか？」

「なんです？」

「あんた、浮いた話一つないらしいじゃないか。好きな女くらいいるんだろ？」

「そんなのいませんよ」

「モテそうなのに、勿体《もったい》ないな。仕事ばかりしてないで、少しは遊んだらどうだ？」

「別に、そんなの興味ありませんから」

「もしかして、ゲイか？」

「――っ！」

いきなり核心に迫る質問をされ、相沢は金魚のようにパクパクと口を開けた。

これまで自分の性癖を見抜かれたことなどなかった。物欲しげに男を見ていたつもりもなく、一郎の前でもそんな素振りを見せなかったはずだ。

なぜ、どうして、と頭の中はパニック状態である。

「あ、図星か？」

「なん……っ、なんで……ち、ちが……っ」

しどろもどろになりながらなんとか言葉を発するが、これでは「そうです、私がホモです」と白状しているようなものだ。

「冗談だったんだが、あんたわかりやすいぞ」

卒倒寸前とは、このことである。

理想通りの人生を生きるためにひた隠しにし、ストイックに生きてきたのだ。自分が男しか愛せないとわかり、己の性癖を認められるようになってもすぐに恋人を求めようとはせず、世間に公表できないならいっそ誰とも愛し合うまいと決めたのだ。

恋愛に関することはすべてシャットアウトし、自分が男にしか興味が持てないことは微塵《みじん》も表に出していないはずだったのに……。

「童貞か？」

「そそそそそんなの関係ないでしょう！」

「なるほど、童貞か」

確かに一郎の言う通り、二十七歳にして童貞だ。女に押し倒されたことはあるが、勃《た》たなくて最後までできなかった。

悪いか、と言いたいが、それを言うと完全に認めたことになるため、それもできない。

「もしかして、俺を狙ってわざと汚い字を書いてんじゃねぇか？」

「――は？」

「こんだけ練習しても、全然上達しねーだろうが。これは俺の躰が目当てだとしか……」

「な、な、何が躰ですっ。あなたなんてね、全然好みじゃないいんですよ！」

突然、何を言い出すのかと頭に血が上った。

一郎なんてゴメンだ。というより、男同士でセックスなんて、そんなのは道徳に反する。

確かに同性しか愛せないし、男同士のセックスに興味がないわけではないが、実際に自分がセックスをするのとは話が別だ。世間の常識に背《そむ》いてまで本能の赴くままに誰かと躰を繋げようと思ったことはなく、見くびらないで欲しいと一人で興奮してしまった。

禁欲を貫く理性くらいは持ち合わせている。

しかし、誘導尋問に乗せられて「好みじゃない」なんて決定的な発言をしてしまった自分には呆れた。

普段なら、こんな単純なミスはしないというのに……。

「け、軽蔑、しないんですか？」

相沢は唇を噛んだ。

こんな屈辱的な気持ちは初めてだ。笑うなら笑えと、一郎に対して敵対心を燃やしてしまう。しかし、耳に飛び込んできたのは意外な言葉である。

「なんで軽蔑しなきゃなんねーんだ？」

「え……？」

「男が好きなことが、そう悪いとは思えんがな。愛情を持たない人間よりずっといい」

慰めでないことはわかった。もともと非常識な男には、男しか愛せないことなど取り立ててあげつらうほどのことでもないのだろうか。こんな反応が返ってくるなんて思っておらず、ただポカンとする。

すると、一郎は悪戯《いたずら》っぽく笑ってみせた。

「もしかして、俺のチンコの大きさを想像したりしたか？」

「――っ！　してませんよ！」

いきなり何を言い出すのかと顔を真っ赤にして怒ると、さらに調子づいて滅茶苦茶なことを言い出すではないか。

「そうか～？　俺を部屋に連れ込んで、いやらしいことでも企《たくら》んでるのかと思ったよ」

「部屋に来るって言ったのはあなたでしょ」

「そうだったか？」

「そうですよ！」

「まぁいい。俺の躰が目当てじゃないんなら、少しは上達したところを見せてみろ」

急《せ》かされ、怒りながら急いで習字道具を広げて準備をする。そして、いつものようにラグの上に正座をしてテーブルに向かった。

(急に何を言い出すんだ、この人は……)

一郎がじっと自分を見ているのが視界の隅に映り、いたたまれなくなった。後ろめたさがなくても、妙な疑いをかけられると自分が嘘をついている気分にさせられるものだ。

準備が整うと、気にするなと自分に言い聞かせ、気持ちを切り替えて筆を握る。

こうすると不思議と気が引き締まって背筋が伸びるのだが、相沢はそれが好きだった。軽く深呼吸し、心を落ち着けて教わった通り白い紙の上に墨汁《ぼくじゅう》を含ませた筆を落とす。

しかし、べちゃ、と墨汁がいびつな形に広がった。

(う……)

一瞬にして心が乱れ、筆は白紙の上に無残な線を残す。それを見た一郎は、またもや相沢が怒るようなことを口にした。

「なんだ、やっぱり俺の躰が目当てか」


一郎のスパルタな稽古が始まってから二ヵ月が過ぎていた。

今日は日曜だが、休日にもかかわらず一郎をつき合わせている。個人的に誰かと深くつき合うことが苦手だった相沢も、少しは免疫がつき始めていた。

けれども相沢がゲイだとバレてからというもの、一郎はことあるごとにそれをネタにからかったり軽口を叩いたりするようになっており、すぐさま「俺を視線で犯しただろう」「俺を誘ってるのか？」「チンコが見たいなら見せてやってもいいぞ」などと下品なことを言って喜ぶのだ。

そういう時の一郎は小学生のようで、いい歳をした大人がこんなことではしゃいで何が楽しいんだと思う。ひた隠しに隠してきただけに、一郎の前では堂々としていられるのは気が楽だとも言えたが、さすがに下品な下ネタにはついていけない。

「もしかして、馬鹿にしてます？」

「してると思うか？　ゲイなんて、気にすることはないだろ」

「それは他人事だから言えるんですよ。もしあなたやあなたの大事な息子さんが男しか愛せなかったら、そんなに気楽に構えてられないですよ」

そう言うと、一郎は複雑な表情を見せた。身に覚えがあると言いたげな顔に、思わず後ずさりをしてしまう。

「も、もしかして、物流さんも……」

「ばぁ～か。ゲイがガキを八人もこさえるわきゃねーだろうが」

それもそうだ。

馬鹿なことを言ったと、無駄な警戒心を見せた自分に呆れた。

「とにかくね、俺はあなたを狙ってもなければどうこうなりたいと思ってもいませんから！　変な心配はしないでください」

「そりゃ安心だ。ほら、さっさと次を……――ぶへーっくしょ！」

盛大にくしゃみをされ、相沢は手近にあったティッシュボックスを差し出した。

「もう、汚いですね」

「あー、悪い悪い」

チーン、と洟を擤《か》むのを横目で見ながら、稽古の準備を始める。

「風邪ですか？　なんだか調子悪そうだし。うつさないでくださいよ」

心配しているわけじゃないぞとばかりに冷たく言ってしまうのは、なぜだろうか。

「惣流さん？　どうかした……」

最後まで言う前に、一郎が後ろから抱きつくように腕を回してきたかと思うと、相沢はいとも簡単にラグの上に押し倒された。

「ちょ……っ、何するんですか！」

逞しく引き締まった肉体はずっしりと重く、身動きしようにもできない。こんなふうに男の躰が密着したのは初めてで、心拍数は上がり、戸惑いのあまりどう対処していいのかわからなかった。

「あんたの体温が心地いい」

「変な冗談はやめてくださいよ！」

弾みでメガネがズレてしまい、それを直しながら冷静さを装ってきつく言う。

けれども誘惑の香《か》は、相沢に一郎の背中に腕を回してみたい衝動を起こさせた。

弾力のある筋肉。微《かす》かな体臭。首筋に当たる不精髭。

男に伸しかかられたことなど初めてで、今まで押し殺してきた肉欲が急に頭をもたげる。

こんな冗談はさすがに洒落《しゃれ》にならない。

「どいてください！　いい加減にしないと本気で……、……っ！」

言いかけて、一郎の躰が熱いことに気づいた。顔を覗くと、ぐったりと項垂《うなだ》れている。

「そ、惣流さん？」

もう一度問いかけても、答えはなかった。

呼吸が微かに上がっており、顔が赤い。額に手をやるとかなり熱いのがわかった。

「熱があるじゃないですか……っ」

「だから……、あんたの体温が、心地いいって……言っただろう。寒気がする」

一郎の顔は、明らかに苦しげだった。先ほどまでぴんぴんしていたと思っていたが、自慢の体力でなんとか誤魔化《ごまか》していたのかもしれない。

「普段ふざけてばかりだから、信用してもらえないんですよ」

肩を貸してなんとか立たせると、相沢は一郎を寝室に運んだ。ここに他人を入れたことはないが、今はそんなことを言っている場合ではない。なんとかベッドに叩き入れて布団を被《かぶ》せ、もう一度額に手をやる。

「もう、今日は断ってくれてよかったのに」

「あんたが、待ってると思ってな。俺が来ないと寂しいだろ？」

こんなにつらそうなのに軽口を叩く一郎に呆れ、すぐさま電話帳をめくって往診してくれる医者を探した。医者が見つかると電話をし、寝室に戻って一郎の様子を見る。

「今タオルを濡らしてきますから」

「悪いな」

相沢は氷枕の準備をし、寝ている一郎のところへ持っていった。

ほかにタオルなど必要だろうか？　水は？　フルーツのほうがいいだろうか？

病人の看病なんてしたことがないため、何をしていいのかわからず右往左往《うおうさおう》してしまう。

そうこうしているうちに玄関のチャイムが鳴った。往診に来てくれた医者を中へ通すと、何もできずに見ている相沢を尻目にてきぱきと診察をし、聴診器を外して注射を打ってくれる。

「過労と風邪ですね。もともと体力のある人のようですから、一日ゆっくりしていれば大丈夫でしょう」

そう言って道具を手早く片づけると、医者は帰る準備を始めた。あの一郎が倒れるのだからよほどのことだろうと思っていただけに、気が抜けてしまう。

医者を見送ると、寝ている一郎のところに戻って寝顔を見つめながらため息をついた。

確かに警備員の仕事をしながら交通整理のバイトをし、そのうえ空いている時間に相沢の習字の稽古では疲れもするだろう。一郎ほど体力があっても一発でダウンだ。

疲れた様子など微塵も見せなかったため気づかなかったが、ちょっと考えればわかることだ。責任を感じずにはいられない。

「ん……」

一郎が身じろぎしたかと思うと、閉じていた瞼《まぶた》が開いた。

「大丈夫ですか？」

「ああ、バイト先に連絡を……」

「俺がします。家にも連絡しておきますから、今日は泊まってってください」

「家はいい。どうせ明日帰る予定だったんだ。変に心配させたくないからな」

「わかりました」

家族思いなところを見せられ、一郎がどれだけ子供たちのことを大事にしているのか改めてよくわかった。たとえ下ネタを口にして他人をからかうようなセクハラなオヤジでも、節操なく女を喰いまくってあちこちで子供をこしらえたろくでもない遊び人でも、その部分だけは評価できるし尊敬もできる。

女を愛せない相沢だからこそ、父親としての深い愛情を持つ一郎に対し、羨望《せんぼう》にも似た思いを抱くのかもしれない。

それから相沢は、慣れない病人の看病に戸惑いながら毛布をもう一枚出して暖房を入れ、額のタオルを何度も取り替えた。

一郎が寝てしまうと、クリーニングに出していたワイシャツを取りに行き、帰りにスーパーで食材を買って帰った。しばらくすると買ってきた白粥《しろがゆ》を温めて食べさせ、着替えを手伝い、かいがいしく身の回りの世話をする。

夕方頃になると熱も少し下がったが、それでも呼吸はまだ少し荒く、一郎を置いて外出する気にはなれなかった。たまった新聞紙をまとめたりして時間を潰し、読みかけの文庫本に手を伸ばす。

こうして誰かを看病する機会などこれまでになかった相沢だが、慣れないことに戸惑いながらもなぜか満たされた気分になっていた。

一郎の傍《そば》で本を手にうたた寝していた相沢が目を覚ました頃には、外はすっかり暗くなっていた。耳温計で体温を計ってみたが、夕方に計った時と同じでまだ完全には下がっていない。せめて明日の出勤前までにはよくなってくれよと願いながら、寝ている一郎をじっと眺める。

精悍《せいかん》な顔立ち。

黙っていればイイ男だ。不精髭も野性的で魅力の一つになっていた。自分を飾らず、ありのままに生きる一郎は相沢とは対極にいるような人物だ。

はじめはなんて人だと思うことも多かったが、今はそれと同じくらいハッとさせられることがある。それまでの価値観を覆《くつがえ》されると言ってもいい。そして、一郎が倒れた弾みで押し倒された時の、首筋に不精髭が当たった感触が蘇《よみがえ》ってくる。

あんなふうに他人と肌が触れ合うほど躰を密着させたのは、生まれて初めてだった。首筋に当たる髭は痛いようなくすぐったいような妙な感触で、嫌というほど男臭さを感じさせられた。同じ男でも、自分とは違うと思い知らされた瞬間でもある。

どうしてこんなにも違うのだろうと思い、一郎の顎《あご》にそっと指で触れた。

剃り残された髭は硬く、一郎の男臭さに触れるほどにトクトクと心臓が高鳴ってしまう。

これまでストイックに一人を貫くのだと決め、そうすることにさして忍耐は必要なかったが、今、相沢は強い誘惑の香に囚《とら》われそうになっていた。他人と肌を合わせるのは、どんな感じなのかと思う。

一郎は、どんなふうに女性を抱くのだろうと……。

唇で肌をついばまれ、舌で愛撫される想像までしてしまい、ダメだダメだと自制しようとするが、自分を抑えられそうにない。

「ん……」

一郎が小さく呻《うめ》いたかと思うと、布団の中からそっと手が伸びてきた。

「彩、子……」

死んだ奥さんの名前を呼びながら手を取られ、ぎゅっと握られる。愛する人の夢でも見ているのだろうかと思うと胸が痛んだが、手を離すことができずにそっと握り返した。すると、閉じられていた瞼がゆっくりと開く。

「ぁ……」

手を握られていることに気づいた一郎は、いつもより少し頼りなさげに口許をニヤリと緩めた。

「なんだ。俺の手ぇなんか握って……」

「あ、あなたが握ったんですよ」

冷たく言い放ったのは、恥ずかしかったからだ。顔が赤くなっているのが、自分でもわかる。

一郎に欲情するなんて、どうかしている。

相沢は、中指でメガネを押し上げた。

「大丈夫ですか？　具合は？」

「随分いい。あんたには迷惑をかけたな」

めずらしくしおらしいことを言うなと思い、弱気になっているのかと少し心配になった。

「ええ、大迷惑ですよ。休日が潰れました」

「そうか。そりゃ悪かったな」

「悪かったと思うんなら、おとなしく寝て早く風邪を治してください。今日はレッスン料は払いませんからね」

「わかってるよ」

クスリと笑う一郎だが、やはりまだ少しつらそうだ。

「喉《のど》渇きませんか？」

一郎の様子を見ようと顔を覗き込んだ瞬間、いきなり強く腕を握られてベッドの中へ引きずり込まれた。

「ちょ……っ、何するんですか！」

病人とは思えないほどの力に、勢い余って一郎の上に乗った格好になる。立ち上がろうとするが、相沢を抱き込んだ両腕はビクともしない。

「寒いんだよ、抱いて温めてくれ」

「な、なんで俺がそんなことしなきゃならないんですか……っ」

「人の体温が、一番いいんだよ。うちのガキどもが熱出した時は、添い寝してやったもんだ。なんにもしねぇから、じっとしてろ」

耳許で囁かれ、抵抗するのをやめた。こんなことで楽になるのならつき合ってやろうと思い、力を抜いて一郎に躰を預ける。

一郎の躰は筋肉質で、こうして抱かれているのは心地よかった。一郎のためにしているはずなのに、相沢のほうが癒されている気がして胸板に顔を埋めたくすらなる。

「あんたは、不器用だな」

「え？」

いきなり何を言い出すんだと、顔を上げた。

不器用だなんて言われたのは、初めてのことだ。文字を書くこと以外はなんでもそつなくできるほうで、昔から器用だと言われてきた。実際、仕事では会社始まって以来の出世スピードで、順調に人生を歩んでいる。

「そんなこと言われたのは、初めてです」

「あんたが有能だってのは、俺の耳にも届いてるよ。確かに、仕事の評価は高いだろうが、プライベートはまったくなってない。人との、つき合い方なんて……知らないだろう」

どうして一郎がそんな話をするのか、相沢にはよくわからなかった。

「俺のこと、馬鹿にしてます？」

「いや、そういうんじゃないよ」

しばらくじっとしていたが、一郎が身じろぎを始めたかと思うと股間のものが当たった。それはギンギンに勃っており、同じ男ながら恥ずかしくなって顔を赤くする。

「ちょ……っ、何」

「いや。あんたを抱いてるとむらむらしてきてな……。勃起しちまった」

軽く笑いながら言う一郎に呆れ、飛び起きようとする。しかし、完全に腕の中に抱き込まれているため、それもままならない。

「何もしないって言ったじゃないですか！」

「もう、火ぃ点《つ》いちまったよ」

ぞくりとした甘い戦慄《せんりつ》が背中を走った。病人でも一郎の力は強く、どんなにもがいてもその腕の中からは逃れることができないのだ。しかも、ごそごそと躰をまさぐる一郎の手に躰が反応し、力が入らない。

「……ッ、……ぁ」

相沢はパニック状態だった。

同性どころか異性ともほとんど経験がないため、ちょっと触られただけで感じてしまい勃起した。それは一郎にもわかったようで、いとも簡単に躰を反転させられたかと思うと　メガネを奪われて完全に組み敷かれる。

すぐ近くから瞳を覗かれ、ゴクリと唾《つば》を呑んだ。

なぜ、そんなふうに見つめるのかと思う。

熱い視線を注ぐ相手は、この世にはいない女性《ひと》だろうに……。

「風邪の時は、汗掻いて寝るのもいいんだ。一緒に汗掻いてくれよ」

まるで「愛しているよ」と囁かれているようだった。再び、強い誘惑に囚われてしまう。

「な？　一緒に汗を掻《しゃが》いてくれ」

耳許で聞かされる嗄れ声が、こんなにもセクシーだとは思わなかった。愛情溢《あふ》れる父親の顔を散々見せられてきたが、今は完全に男になっている。

いや、ただの牡だ。

フェロモンを振り撒きながら、エデンの住人に悪いことを教え込むのである。真面目に生きてきた相沢に、罪の果実がいかに甘く美味しいのかを囁いて聞かせる。

たわわに実る禁断の果実は芳醇《ほうじゅん》な香りを辺りに振り撒いているが、決して口にしてはならないものだと自分に言い聞かせ、頑《かたく》なに禁欲を貫いてきた。そんなものは自分には必要ないと、一生縁のないものだと思ってきたのは嘘ではない。

けれども、本心を暴かれるのに時間は必要なかった。

本当は喰ってみたかったんだろうと囁かれ、それまでの自分がただの虚勢の上に成り立っていたことに気づかされるのだ。

そしてひとたびそれに気づくと、どうしようもない誘惑に心惹《ひ》かれてしまい、吸い寄せられるようにフラフラとそれに近づき、今にも果汁が滴らんばかりに熟《う》れた果実に歯を立ててしまう。

「いい加減に、して、くださ……っ」

「ちょっとだけだよ……」

「さ……、触らない、で……くださ……、……ぁ、……はぁ……っ」

どんなに言葉で否定しようが、躰のほうは隠しようがなかった。中心は硬くなり、すぐに変化している一郎のものと擦り合わされてビクビクと痙攣《けいれん》する。

ああ……、と飢えた自分の声が聞こえた気がした。

「感じたか？　この歳で誰かと愛し合うことすらできないなんて、可哀想《かわいそう》にな」

「んぁ……」

一郎の手が胸板を這《は》いずり回り、徐々に相沢から理性をこそぎ取っていった。

「いい子だから、他人の体温が心地いいってことを味わってみろ」

「ど……いう、意味……。……んぁ……っ」

「あんた、一生誰も愛さないつもりか？」

「何を急に……。女性に、興味が……ないのに……どうやって、……んぁ……」

「男を好きになりゃあいい」

信じられなかった。

一郎のような男に常識を求めるほうが間違いなのかもしれないが、そんなことを平気で勧めるなんてどうかしている。自分は絶対にそんなことにならないと言い聞かせてきたというのに。けれども一郎のひとことは、二十七年間貫いてきたものをいとも簡単に打ち砕くのだ。

「んぁ、あっ、……ぁあ」

男を好きになればいい——そんなふうに考えたことは、一度もなかった。

暖房で部屋を暖めているせいか、次第に頭がぼんやりとしてきて、ますますこの行為に溺《おぼ》れる。

他人の手で躰を撫でられただけで、こんなにも浅ましい獣になれるものだろうか。

下半身が蕩けてどうにかなってしまいそうだ。押しつけられる一郎の猛《たけ》りに、どうしようもなく心が濡れる。

隆々としたそれに貫かれる瞬間を想像してしまうのをどうすることもできない。

「男が好きなのが、そんなに悪いことか？」

「ぁ……、当たり前、じゃ……、……ぁ」

「でも、好きなんだろう？」

「……っく、……ん、……んぁ」

「俺の躰は好きか？」

嗄れ声で問われると、見栄《みえ》も虚勢も何もかも打ち砕かれ、裸にされる。

そうだ。一郎の言う通りだ。好きだ。一郎の躰が好きだ。

いや、躰だけじゃない。惣流一郎という人間そのものに惹かれ始めている。父親の顔を持つ男で、がさつで、下品なことでも平気で言うとんでもない男だが、自分が生きてきたこれまでの人生にはいなかったタイプの一郎に抱くのは、ただの反発心だけではない。

男としての魅力も人としての魅力も兼ね備えている一郎に、教えて欲しい。他人の肌の温もりや、男が男に抱かれるという行為がどんなものか教えて欲しい。生理的な射精ではなく、身も心も蕩けるような行為の先に迎える高みがどんなものなのか。

そして自分を一郎のものにして欲しいのだ。

「ぁあ……っ」

相沢は縋《すが》りつくように一郎の背中に腕を回した。広く逞しいそれは、抱きついているだけでも相沢を急速に熟れさせる。

「んぁ」

「イイ子にしてろ。俺がもっと気持ちよくしてやる」

一郎は相沢のズボンに手をかけて前をくつろげ、自分も下着ごとずらして屹立したものを取り出すと相沢のと一緒に握り、ゆっくりと擦り始めた。

「んぁ、……はぁ……っ、……ぁあ……っ」

「可愛いな。あんたが、そんな声を出すなんて、嘘みたいだよ」

さも嬉しそうに言う一郎に羞恥心を煽《あお》られ、ますます歯止めが利《き》かなくなる。

ゲイでもない一郎が、男の喘《あえ》ぎ声に対してそんなふうに思うなんて信じられなかった。きっと口先だけだと自分に言い聞かせてなんとかこの場を切り抜けようとするが、一郎のテクニックに溺れた躰は言うことを聞いてはくれない。

ダメだダメだと思っても、注がれる愉悦を次々と貪《むさぼ》り、夢中になっていく。

「どうだ？　俺の指は、気持ちいいか？」

耳の後ろの柔らかい肌を唇でついばまれ、震えるほどの快感に、無意識に腰を浮かせてしまっていた。

「そ、りゅう、さん……」

「一郎だよ」

微かに笑ったのが気配でわかり、そんな一郎を恨めしく思いながらもその命令通り、下の名前を口にする。

「一郎、さん……」

「あんたに名前を呼ばれると、そそられるな。ほら、俺のも握るんだ」

促され、一郎の中心にそっと手を伸ばした。

それは隆々としており、相沢の手の中で熱く脈打っている。それを誇示するように、一郎の腰がゆっくりとしたピストン運動を始めた。男女が睦《むつ》み合うように前後に、そして回すように動かしてみせる。

「あ……」

恥ずかしくて、どうにかなりそうだった。

牡の欲望をまざまざと見せつけながら、余裕でこんな真似をするのだ。

なんていやらしく腰を動かすのだろうと思った。なんて破廉恥《はれんち》で、なんてあからさまで、なんて魅力的なのだろうと。

こんなふうにされると、欲しくなる。自分の中に眠る浅ましい欲望を叩き起こされる。

お願いだからこれ以上自分を狂わせないでくれと思うが、その願いは一郎の悪戯っぽい囁きによりいとも簡単に打ち砕かれた。

「少しはわかったか？　こうやって、奥を突くんだよ。俺のはデカいから、先っぽが奥に当たって気持ちいいぞ」

さらに強い誘惑に見舞われ、負けそうになる。飢えきった獣さながらに、強く望んでしまうのだ。

逞しく育った男の象徴で貫いて欲しい、と……。

「んぁ……っ」

「挿《い》れたら、さすがにマズいだろうな……」

耳許で独り言のように零《こぼ》された言葉に、下半身が熱くなった。

一郎は自分に挿れたいのだ。愛しているのは死んだ妻だということに変わりはないだろうが、それでもいい。自分もそうして欲しいと言えたら、どんなにいいか。

挿れてください、と言いかけて、もう本能に完全に呑み込まれたと思っていた理性が歯止めをかける。

「ダメ、です……」

言ってから、勇気を出せなかったことへの落胆と踏みとどまった自分への安堵《あんど》で複雑な気分になっていた。

「だよな。やっぱりマズいよな」

クスリと笑う一郎に同意しながらも、心の中では目の前の野獣を欲しがっている。

本当は挿れて欲しい。どんなにつらくても、どんな痛みを伴おうとも、好きな男を受け入れる悦びを知りたい。

「ぁ……っ」

一郎は繋がらない代わりにとでも言うように、相沢を抱き起こして自分の上に座らせた。

「これが対面座位って言うんだ。いいだろ？　お互いの顔を見ながらするんだよ」

自分から腰を押しつけてしまいそうになり、なんてはしたない体位なんだと思った。

「やってみたいか？」

『ノー』と言っても、きっと見抜かれるだろう。わかっているだけに、答えることができない。

「突っ込んだまま座らせるとな、自分の体重が載って深く入るんだよ。いつでもやってやるから、したくなったら俺を誘えよ」

相沢は一郎の瞳を覗き込んだ。

してみたい。こうやって一郎に跨《またが》り、欲望の赴くままにセックスがしてみたい。

自分が物欲しげな目をしているとわかっているが、目を逸《そ》らすことができない。

どちらからともなく唇を重ねると、相沢は目を閉じて一郎を感じた。舌を絡ませ合い、自らも求め、翻弄《ほんろう》されながら探り合う。

「んぁ、……ぅん、んっ、……ん」

自分がこんなふうに男を求められるのが信じられなかった。頭の中ではこの異常事態に赤いランプが点滅しているというのに、それでもさらに深みに足を踏み入れていく。

繋がりはしなかったが、二人はお互いの躰を堪能《たんのう》し、白濁を放つまで淫《みだ》らな行為に夢中になっていた。


翌日。いつも通り出勤していた相沢はどうしたらいいのかと、一人背中を丸めていた。仕事をしている時はまだいいが、ひと段落してふと気を緩めると、昨夜のことがありありと思い出される。どんなに頭の中から追い出そうとしても、一郎の微かな体臭や逞しい腕や胸板の感触、そして強く抱き締められる感覚が蘇ってくるのだ。

唇や舌で愛撫されるたびに当たるざらついた不精髭の感触も、もちろん消えてはくれない。肌に擦れて痛いのに、男に抱かれているんだと強く認識させられるあの悦び。

（顔、合わせづらいな……）

一郎は相沢の躰を散々弄《いじ》り回したあと、ぐっすり眠ってしまったため、今朝は一郎が寝ている間にベッドを抜け出して、鍵をポストに入れておくよう置き手紙をして出社したのである。相変わらず下手くそな字だったが、直接顔を合わせるよりはマシだと思い、逃げるようにマンションを出た。

（ああ、どうしよう）

悩ましさと比例するような重い躰を引きずりながらロビーを横切って、エレベーターに向かった。今日は残業なしで早く帰りたい。

「よぉ」

エレベーターの前でぼんやりと立っていた相沢は、心臓が口から飛び出すほど驚いた。

昨日はあんなに熱があったのにもう仕事に出ているのかと躰のことが心配になるが、いつものように振る舞える自信がなく、体調は聞かずにそっけない態度を取る。

「あ、どうも。お疲れ様です」

お互い大人だ。なかったことにされても傷つかない。いや、むしろそうして欲しいんだと自分に言い聞かせて先を急ぐふりをした。

「じゃ、じゃあ、俺はこれで……」

あくまでも社員と一警備員という態度で接するが、一郎が耳許に口を寄せてきたかと思うとそっと囁かれる。

「昨日は大丈夫だったか？」

「――っ！」

相沢の顔は、見る見るうちに赤くなった。そんな約束はしてないというのに、なかったことにするんじゃなかったのかと批判的な目をしてしまう始末だ。

「一応確認しておくが、最後までしてねぇよな？」

「すっ、するわけないでしょう！　お、俺はあなたなんか、こ、好みじゃ……」

最後まで言う前に、一郎に腕を取られて人気のない場所まで連れて行かれた。痛いくらいに掴まれ、昨夜のことを思い出してしまう。

「ちょっと、何するんです」

「しーっ。そう騒ぐなよ。聞こえちまう」

「あ……」

相沢は、思いのほか大きな声を出していたことに気づいた。これでは自分で自分の秘密をメガホンで触れ回っているようなものだ。

気を取り直し、コホンと咳払いをしてから落ち着いた声で言う。

「最後までなんてしてないですから、安心してください」

「そりゃよかった。だけど、俺にベッドに引きずり込まれて突っ込まれなかったのは、あんたが初めてだぞ」

「た、他人事みたいに言わないでくださいよ！　あなたねぇ、よくあんなことがっ」

「でも、よかっただろう？」

ニヤリと笑う一郎に、顔がカッとなる。

ジゴロのような色気だ。自堕落《じだらく》で悪い男だとわかっていながらも、その魅力に惹かれずにはいられない。昨夜あんなことをしてしまっただけに、まるでリトマス紙のように即座に反応してしまうのだ。

「あんた、まったく経験ないんだな。あんまり反応が可愛いんで、興奮したぞ」

「からかわないでください」

相沢は顔が赤くなるのを誤魔化すために、中指でメガネを押し上げる仕草で顔を隠した。

「真面目に言ってるんだがな。この先ずっと一人でいるつもりか？　誰も愛さないなんて、寂しいだろ」

「いいんですよ。男同士なんて不毛ですし」

一郎は何か言いたげに相沢をじっと見つめた。けれども、強引にプライベートに踏み込もうとはしない。強い興味を見せもしないが、無視をするほど無関心でもないといったところだろうか。

いつまでも見つめられ、居心地が悪くてわざと冷たい態度を取る。

「話がないならもう行きますよ」

「そうだ。呼びとめたのは頼みがあってな」

「なんです？」

「悪いが、習字の稽古は俺の家に来てくれると助かる。交通整理のバイトの時間を増やそうと思ってな。時間を節約したいんだ」

一郎はめずらしくすまなそうな顔をした。

子供が苦手な相沢にとって子沢山の一郎の家に行くのには多少抵抗があったが、さすがにここで我儘《わがまま》を言うほど子供ではない。

倒れたばかりなのにさらに仕事を増やして大丈夫かという思いもあったが、優しくなんかしないぞと、あえて触れないことにする。

「わかりました。バイトも忙しいなら、甘えるわけにはいきませんしね。また倒れられたら、責任感じてしまうし」

「まーそれもあるが、あんたの部屋で二人きりだと、また間違いを犯しそうだからな」

「……っ！」

あっけらかんと言われ、相沢は赤面した。

「男も結構イイもんだな。しゃぶって欲しいなら、部屋に行ってやって……」

「いいえ！　あなたの家に行かせていただきます！　じゃあまた！」

最後まで言わせないぞと一郎の言葉を遮り、こめかみに血管を浮かばせながらその場をあとにする。そして、一郎の視線が届かないところまで来ると立ち止まって振り返った。

『この先ずっと一人でいるつもりか？』

一郎に言われた言葉が、頭から離れない。

俯《うつむ》き、無意識に唇を噛んで心の中で一郎の問いに答える。

（だって、あなたは死んだ奥さんを愛してるし、お子さんもいるじゃないですか……）

この時、相沢は生まれて初めて誰かを想う苦しみを知ったのだった。

相沢が一郎宅に足を踏み入れたのは、次の日曜日のことだった。

家の中は片づいてはいたが、子供が八人もいれば一戸建てでも混沌《こんとん》とした印象になる。

（う……、すごい……）

日曜ということもあって、遊び回っているという次男以外は自宅にいたのも大きいだろう。一郎に紹介された相沢は、靴を脱いで惣流一家の間を縫うようにして奥へと案内される。

「お、お邪魔します」

「すみません、散らかってて。どうぞ上がってください」

惣流家の子供たちは、上から二十三歳になる長女の桜《さくら》、あと半年ほどで二十歳を迎える長男の陸《りく》、男女の双子・桃子と空《そら》は早生まれのため高校二年生だがまだ十六歳だ。

長男の陸はなぜか傷だらけで包帯や絆創膏《ばんそうこう》だらけだった。睨まれているのかと思ったが、目つきが鋭いのは生まれつきらしい。

以前聞いた話からすると、ここまでが一郎が最初の妻に産ませた子だ。次に十一歳の大地《だいち》、五歳になる太陽《たいよう》、四歳の月《つき》、その一つ下の楓《かえで》と続くが、全員腹違いというのだから驚きである。名前を覚えるのもひと苦労だ。

靴を脱いで家に上がると電話が鳴り、小学生くらいの少年がいち早くそれに出たかと思うと電話の子機を握って戻ってきた。

「ねーねー、空兄ちゃんが捕まったって警察から電話が来たよ～」

「あー、またかよ。おい、親父っ。たまにはお前言ってこい」

「父親に向かってお前とはなんだ。この包茎小僧が」

「もう剝《む》けてるっつってんだよ！」

長男とはよく喧嘩をしていると聞いていたが、その通り二人はすぐに臨戦態勢になった。客人がいることなど、お構いなしである。

頼むから息子相手に子供のような挑発をしないでくれと組み合いを始める一郎に呆れていると、いきなり何かに手を摑まれた。

「遊ぼう」

相沢の手を摑んだのは、うさぎのぬいぐるみを抱いた末っ子の楓だった。

（う……）

どう接していいかわからず、ただ見下ろしていることしかできない。そんな潤《うる》んだ瞳で見つめられても困る。一郎に助けを求めようとしたが、長男との喧嘩に忙しいらしく相沢のことなど見向きもしない。

「お、おじちゃんは、これから習字のお稽古なんだ」

「サンタさんは？」

「クリスマスは来週だから、来週来るんじゃないかな?」

「プリキュリのお人形、持ってくる?」

どうやら、クリスマスプレゼントのことを言っているらしい。ぎゅっと握る手を解いていいものか、迷ってしまう。

「あ、あの……っ、惣流さん」

「あんたは先に奥の部屋に行ってろ」

一郎に言われると、助かったとばかりに楓の手をそっと外して早足で廊下を進んだ。しかし、楓はトコトコとついてきてまた相沢の手を掴む。

「抱っこ」

今度は抱っこだ。

(ど、どうして俺に言うんだ)

子供に懐かれるほど愛想がいいわけではないのに、楓はぴったりと横について離れようとはしない。まるで母親に手を繋がれた子供のように相沢の顔をじっと見上げている。

相沢のほうはというと、牙《きば》を剝く土佐犬にでも出くわしたかのように躰を硬直させるばかりだ。

「こらこら。楓。お客さんに悪戯したらダメよ。すみません」

「い、いいえ」

二人に気づいた桜が楓を回収してくれたおかげで、ようやくホッと息をつく。

「おーい、お前ら。邪魔すんなよー」

一郎の声に振り向くと、長男の陸が廊下の隅で口を押さえてダウンしていた。

(包帯と絆創膏って……)

父親から平手打ち一つされたことのない相沢は、過激なスキンシップに唖然とした。

「悪いな、騒がしくて。こういうの苦手なんだろう?」

準備運動でもしてきたかのように軽く額に汗を滲《にじ》ませ、咥えタバコの一郎が部屋に入ってくる。

「じゃあ、始めるか」

「はい」

相沢はちゃぶ台の上に道具を広げた。少しでも多く学ぼうと、勤勉な学生のように気合を入れる。しかし、この環境で習字を習おうとしたのが間違いだった。

桜に引き取られて次男の空が帰ってきたかと思うと、警察署の帰りに野良猫を拾ったただのなんだのと言って長男と喧嘩を始め、注意しに行ったはずの一郎を交えて再びプロレスが始まる。隣の部屋とはいえ、こうも騒がれてはたまったものではない。

それでも集中力を養うための修行だと思えばいいと持ち前のチャレンジ精神で頑張ってみるが、跳び蹴りに失敗した長男が襖《ふすま》を破って相沢のいる部屋に突っ込んできた時は、さすがにちゃぶ台をひっくり返して暴れたくなった。

二時間ほどそんな状況の中で練習をしていたが、上達する気配もなく稽古は終了した。

「今日は悪かったな。あいつらにはとことん言い聞かせておいたから、次からはちゃんと静かにしてるってよ」

道具を片づけている相沢に、一郎がさして悪びれもせずそんなことを言ってきた。自分が一番暴れていただろう、と突っ込みを入れたくなるが、どうせ「それもそうだ」と笑われるのがオチだと黙っていることにする。

「今日のお詫びだ。うちで飯喰ってけ」

「えっ！」

「何が『えっ！』だ。誰もあんたにたかろうってんじゃないんだ」

「いえ、そういうわけでは……」

「遠慮すんなって」

「え、遠慮なんかしてませんよ」

会議や接待で食事をするならまだしも、プライベートで他人と食卓を囲むなんてできない。何を話していいのか、わからないのだ。会社の人間ならまだしも、相手は今日会ったばかりの人間で、そのほとんどがまだ子供だ。

保育士でもないのに、子供が喜ぶ話なんてできっこない。

「俺のことなんか、どうぞお構いなく」

「そんなんじゃ、一生一人だぞ」

真面目な声で言われ、相沢は返す言葉を失った。ベッドの中でも、同じようなことを言われた。見透かされているのは明らかだ。個人的に他人と深くつき合うことが苦手な相沢に、免疫をつけさせようというのだろう。多少挑発的な視線になっているのも、そういった意図があるからに違いない。

どうしようか迷ったが、素直でない相沢は、他人の好意を無駄にしてはいけないという思いと受けて立とうという挑戦的な気持ちから、つい食事をしていくことに同意してしまう。

「そんなに言うなら、ご馳走《ちそう》になりますよ」

表面上は冷静さを装っていたが、心の中では「どうしよう」なんてうろたえていた。

家族水入らずでの夕食の場に、自分のような人間が紛れ込んでいいのかと思う。先ほど楓に手を握られた時にロクな反応もできなかったことを考えると、場を白けさせる羽目になる可能性が大きい。

そんな不安を抱えたまま居間に続く襖を開けると、想像以上の光景にたじろいでしまう。

(う……)

全員まとめてテーブルを囲んでいるのだ。子供の頃から一人で食事をしていた相沢には、この中で仲良く食事をすることはかなりハードルが高い。

しかも、ひい、ふう、みぃ、と数えると八人のはずが九人もいるではないか。自分にしか見えていない座敷わらしでも紛れ込んでいるのか一瞬背筋が寒くなるが、幸運を運ぶ妖怪は一郎にも見えているようだ。

「おい、そこに座ってるのは誰だ？」

「山内《やまうち》さんちの努《つとむ》だよ。前も飯喰っただろ」

傷だらけの長男が、一郎を睨むようにして言った。

「山内ぃ？」

「親父が塀の中にいて、お袋が男と出て行った家だよ」

「お袋は帰ってきたんじゃなかったのか？」

「またかけおちしたんだってー」

小学生の大地が、大きな声を張りあげる。

「またか？　懲《こ》りねぇなぁ。おい、努。お前、しばらくうちに泊まるか？」

「うん！」

努と呼ばれた子供は、ここが自分の家であるかのようにすでに箸を持って待ち構えている。他人の世話などしている余裕はないだろうに、博愛主義なのかそれとも単にいい加減なのかよくわからない。

「じゃあ、俺はこれからバイト行くから、あとはみんなで仲良くやってくれ」

「えっ」

まさかここで一郎がいなくなるとは思っておらず、相沢は未開地に置きざりにされる旅行者のような顔をした。

「ちょっと待ってください。だったら俺も」

「まぁ、遠慮せずやってくれ。そんじゃあ、行ってくるぞ〜」

「いってらっしゃ〜い」

子供たちの声に手を振りながら家を出る一郎の背中を見送りながら、一人物流家の面々の中にポツンと残された相沢は心の中で呪詛《じゅそ》を唱えた。

(う、恨んでやる……)

カカカカカ……、と勝ち誇ったように笑う一郎の顔が容易に想像できる。きっと今頃道を歩きながら、自分が子供を相手に右往左往している姿を想像しているところだろう。

「すみません、狭くて」

「あ、いえ」

桜に声をかけられて気を取り直し、往生際《おうじょうぎわ》が悪いぞと自分に言い聞かせて促された席に座った。そしてふと、仏壇の遺影に目がいく。

「亡くなった母です」

「綺麗な方ですね」

お世辞ではなく、素直な感想だった。

彼女の死を悲しむあまり、一郎が三回忌を過ぎてから女遊びを始めたのもわかる。きっとそうでもしないと、悲しみを忘れることができなかったのだろう。写真の中から微笑みかける彼女に、一郎のような野獣さえもおとなしくさせてしまう優しさを感じた。

そして一郎にベッドに引きずり込まれた夜の記憶が蘇り、チラリと遺影に視線を遣《や》る。

（す、すみません）

俯き加減になってしまうのは、不倫中のＯＬのような気分になったからだ。

ほかの女性の旦那を寝取ろうとする泥棒猫。

他人のものに手を出すことに、抵抗感を抱いてしまう。もう他界しているとはいえ、一郎が愛しているのは彼女だけだ。心が離れて別れたわけではない。

（そんなこと、わかってるさ）

見ないほうがいいと思いながらも再び遺影に目がいった。優しい笑顔を見ていると、彼女が生きていたら一郎は相沢になど手を出さなかったと言われている気がしてならなかった。

あれは、熱がもたらした気の迷いだ。

そう思うと、あの時なぜ全力で抵抗しなかったのかと悔やまれてならなかった。殴ってでも逃げていれば、一郎に対する自分の気持ちに気づかないままでいられたというのに。

（別に、取るつもりなんてない）

目の前の子供たちを見ながら、相沢は自分に言い聞かせるように心の中で言い訳をする。

しかし、一郎にちょっかいを出した泥棒猫には、それなりの天罰が待っている。

それを思い知るのに、五分もかからなかった。

「う……」

運ばれてきた料理を見て、相沢は思わず固まった。なぜなら、今夜の夕食のメニューは鍋《なべ》だったからだ。

鍋は嫌いじゃない。いや、むしろ好きなほうだ。手軽に栄養のバランスが取れることもあり、深夜営業をしているスーパーで一人用の鍋セットを買ってきて食べることも多い。

日頃から健康に気を遣って体調管理をしておくのも、立派な社会人には欠かせないことだ。けれども、大勢で一つの鍋をつつくことには抵抗感がある。他人の口に入った箸が頻繁に出入りしているのだと思うと、どうしても手がつけられないのだ。

友達同士で回し飲みをしたり、弁当のおかずを交換したりしたことはあるが、鍋だけは昔から生理的に受けつけない。

「いっただっきまぁ～す！」

子供たちが嬉しそうに大きな声をあげ、一斉に箸を突っ込んでいる。

「おつぎしましょうか？」

「あ、いえ。自分でしますので」

相沢はお辞儀をしたが、手をつけたのははじめから小鉢に取り分けてあるきんぴらなどのおかずだった。

「おい、大地。ねぶり箸やめろっつったろ」

「は～い」

どれを器に取ろうかと、身を乗り出して鍋を覗き込む子供たちの姿に腰が引けてしまう。ねぶり箸という単語も、嫌悪感を大きくする手助けをした。

（ダ、ダメだ……）

相沢は飲み会などで鍋になっても、いつも食べているふりをしてこっそりほかのもので腹を満たす。今日もその手で行こうと決めたが、そういうわけにはいかないらしい。

「遠慮なんかしてたら喰いっぱぐれるぞ」

無愛想な長男に睨まれ、相沢はまるでカツアゲでもされたかのように「はい」と素直に答えた。しかし箸は止まったままだ。

多分、陸は自分の心を見透かしている。まだ十九だと言っていたが、すでに社会に出て働き、家にお金を入れているのだ。

時折睨むように自分を見る陸の視線に、食べなければと思うが、やはりどうしても箸が伸びない。しかも、大地が一度取った具材を鍋に戻すではないか。

「あ、てめぇ。にんじん戻しやがったな」

次男の空が再び戻されたそれを大地の皿につぎ、大地がまた戻すの攻防が始まる。

唖然としていると、ここに来てから何かと相沢に興味津々だった末っ子がまた隣にやってきて、べたべたになった手で相沢の袖を摑みながら何やら訴え始めた。せめて笑って相手をしようとするが、引きつった笑みしか漏れない。

（ああ、よ、涎《よだれ》が……）

助けてくれ……、と一番頼りになる桜を探したが、あつあつの豆腐で舌を火傷《やけど》して泣きそうになった月を連れて台所に消えたきり戻ってきていない。次に頼りになりそうな桃子を見たが、太陽に行儀よく座れと言いながら箸の持ち方を叩き込んでいる。

「鶏《とり》さん、好き？」

「え？　あ……、す、好きだよ」

「鶏さんのおだんご、はい」

楓は一度口をつけた肉団子を相沢の器に入れ、しきりに食べろと迫ってくる。

「あ、いや……その……」

陸は相沢が困っているのに気づいているようだったが、成り行きを見守っていた。どういう行動を取るかで相沢がどんな人間なのか計ろうとしているのだ。いや、単に面白がっているのかもしれない。

そんな意地悪をしなくてもいいじゃないかと思いながら、食べろ食べろとせっつく楓と陸の視線に気持ちは追いつめられていく。

悪気はない。ただ苦手なのだ。子供や大勢で食卓を囲むのに慣れていないだけだ。

『どーすんだよ？』と言わんばかりの陸の目に晒されていると、パニック状態になった。しかも楓が大きなくしゃみをしたため、青っ洟が飛んだ。陸はそれでも口を出そうとせず、楓は相変わらず肉団子を差し出してくる。

限界だった。

「無理だ。こ、こんなもの食べられるわけないじゃないかっ！」

挑発的な陸の視線に思わず箸を置いて立ち上がったが、すぐに我に返る。

（あ……）

自分でもなんてことを言ったんだと思った。

何も子供のくしゃみくらいでそこまで本気にならなくていいではないか。

棒立ちになっている相沢をポカンとした顔で見ていた楓だったが、いきなり火が点いたように泣き始める。

「ごめんなさい。楓がお行儀の悪いことを」

台所から戻ってきた桜が慌てて楓を抱きかかえるが、一度泣き始めた楓はそう簡単には泣きやまない。しかも、部屋中から非難めいた視線が集まる。

楓に向かって言ったつもりはなかったが、小さな子供は自分が怒られたと思うだろう。

特に長男の陸は、親の敵《かたき》でも見るような目をしている。

「あ、いえ。……あの、……すみません、興奮してしまって」

「私がちゃんと楓を見てなかったから」

「えっと、本当に……すみません。お気持ちだけで……」

言い訳を探そうと視線を巡らせていると仏壇の遺影に目がいき、一郎の亡くなった妻と目が合った。そしてゴクリと唾を呑む。

相変わらず優しそうに笑っているが、楓を泣かせてしまった後ろめたさがそうさせるのか、その笑顔は『お願いだから、あの人や子供たちを不幸にしないで』と訴えているようだった。もう死んだ人間だが、彼女の想いはまだ生き続けているような気がして自分のような人間がここに来たのは間違いだったのだと、逃げるように部屋を出る。そして玄関に揃えてあった自分の革靴に足を突っ込み、一目散に駅に向かった。

頬を切るような乾いた風が、相沢の心をも切りつける。

どのくらい歩いただろうか。しばらくして、荷物を置き忘れて出てきたことに気づいて立ち止まった。けれども今さらあの家に戻って「忘れた荷物を取りに来ました」なんて言えるはずがない。

(俺は、なんてことをしたんだ……)

再び怒鳴った時のことを思い出して、深いため息が漏れる。

恐怖を顔に貼りつけて自分を見上げる楓。

きっと怖かっただろう。何も悪いことをしていないのに、あんなふうに怒鳴られたのだ。肉団子を相沢の皿に入れたのは、子供なりに好意を示そうとしてのことだ。一所懸命歓迎しようとした。

小さな子供の心は傷ついたに違いない。

(本当に馬鹿だ)

後悔の念に苛《さいな》まれていると、後ろから近づいてくる足音に気づいた。振り向くと、相沢が忘れていったブリーフケースを持った陸が歩いてくる。

「忘れもん」

ありがとうと礼を言おうとするが、勢いよく投げつけられて小さく呻く。

「――っ！」

「あんた、子供相手に最低だな」

心から自分を軽蔑しているのが、よくわかった。当然のことだと思う。

「うちに何しに来たんだよ？」

「え？　な、何って……習字の……」

「そういうことを言ってんじゃねーんだよ！」

怒鳴られ、口を噤《つぐ》んだ。

全身から滲み出る敵意に圧倒されてしまう。

「あんたみたいにお育ちのいいのは、赤の他人が箸突っ込んだような汚いもんは喰えねぇよなぁ。オヤジはガサツだから『大丈夫だから一緒に喰わせてやれ』なんて姉貴に無責任なこと言って出てったけど」

陸はハッと笑った。

「でもな、うちみたいな貧乏人に馴染めないんなら、無理して来るなよ。あんたさ、最初っから俺らのこと見下した目で見てたろ？」

「そ、そんなことは……っ」

「――あるんだよ！　確かにうちは貧乏だけど、あんたにあんな態度を取られる筋合いはねーんだよ」

言いたいことは全部言ったとばかりに、陸は踵を返して歩き出した。

謝ろうとしたが、声が出ない。本当に最低のことをしたとわかっているだけに、言い訳どころか謝罪をすることすらできないのだ。

違う。見下してなんかない。

相沢は声にならない自分の気持ちを心の中で訴えていた。

もちろん、最初は子供の多さに驚いた。聞いているのと実際見るのとでは違い、どうやってあの中に入っていけばいいのかわからなかった。喧嘩のすごさにも戸惑った。

だけど、驚いただけで軽蔑したつもりはない。ただ、圧倒されただけだ。本当だ。

ごめんなさいと伝えられたらどんなにいいか。

一郎にもきっと軽蔑される——その思いが痛みを伴って相沢の胸に広がった。


楓の一件があってから、相沢は一郎に連絡をしなくなった。

いつもなら、時間ができそうだとわかると携帯に電話を入れて予定をすり合わせるが、楓のことが一郎の耳に入っているだろうと思うと電話に手が伸びないのだ。一郎からも、連絡はない。

ただ、楓にだけは謝りたいと思っていた。

泣かせてしまった小さな子供。目を真ん丸にして、自分を見上げていた小さな顔が忘れられない。本当に悪かったと思っている。

考えた挙句《あげく》、相沢は手紙を書くことにした。

楓宛ての手紙だ。

仕事の途中でコンビニで買ってきた子供が喜びそうな便せんセットをブリーフケースの中から取り出すと、万年筆を握った。

しかし『拝啓』と書いたところで、三歳の子供に向かって『拝啓』はないだろうとすぐに便せんをぐちゃぐちゃに丸めた。じゃあ出だしはなんだと思うが、すぐに思いつかない。

親しくもないのに『楓ちゃんへ』でいいのかと頭を悩ませる。

仕事上でのことなら、文章を書くのは得意なほうだ。季節ごとの手紙の書き方や社会人としての謝罪の仕方も大人として恥を掻かない程度には知っている。けれども相手が三歳の子供となると、勝手が違った。

書き出しはやはり『楓ちゃんへ』にすることにしたが、それもまた紙屑《かみくず》にした。漢字は使わないほうがいいだろう。しかし、気を取り直して書き始めるも、そもそも字は読めるのだろうかという疑問が出てくる。

誰かが読んでくれるのならいいが、あれだけのことをした人間から送られてきた手紙が、無事楓の許に届くのか不明だ。

陸が郵便受けを覗いたら、完全にアウトだ。

そして、一郎の耳にはどんなふうに入ったのだろうかと思うと心が締めつけられる思いがした。あれからもう二週間くらい経つ計算になる。

一郎も自分を軽蔑しただろうか――。

これまでは習字の稽古のために週に一度は連絡を取っていたが、ここまで連絡を絶っても一郎からなんのアクションもないのは、やはりあのことが耳に入ったのだと考えるしかなかった。こちらから断らずとも、二度と会いたくないと思われていればこのまま自然消滅ということもある。ひょんなことから始まった師弟関係だが、ピリオドを打つ時が来たのだろう。

「楽しかったな……」

寂しさを感じずにはいられなくて、これまでのことを思い出しながら口許に弱々しい笑みを浮かべる。

字が下手なのを笑い、こてんぱんに貶しながらもちゃんと教えてくれた。女性を愛せないと知った時も『何か問題あるのか？』なんて顔をした。

けれども、今回は違う。

あれほど子供を愛しているのだ。特に末っ子の楓は一番可愛い時期だろう。そんな楓を傷つけてしまった。きっともう、今までのようには接してくれない。

嘘偽《いつわ》りない自分を、両親にすら見せていない自分さえも受け入れてくれた男。

非常識の塊《かたまり》のような男でどんなことにも動じない。そんな一郎に軽蔑されるようなことをした自分はどれだけ最低な人間なんだろうと思った。

顔を合わせることなどできない。

そんな気持ちから会社で警備員の姿を見ると、逃げるように早足でその場を去るようになっていた。


結局、相沢は手紙を送らなかった。

一応完成させたものの、読んでもらえるかどうかわからない。そこで、直接謝りに行くことにした。警備室でこっそり一郎のシフトを聞いて夜勤の日を狙い、お詫びの気持ちを込めた遅いクリスマスプレゼントを持って一郎不在の自宅へ向かったのである。

(楓ちゃん、まだ起きてるよな)

腕時計で時間を確認すると、相沢は玄関の前に立った。

夕食時だからか、どこからともなくゴマ油のいい香りがしてきた。子供と一緒にお風呂に入っているのだろう。微かにエコーがかかったような男の歌声が子供の笑い声とともに聞こえてくる。どこにでもある幸せそうな日常は相沢が子供の頃にはあまり縁のなかったもので、それを聞いているとどうしてだか寂しさのようなものが胸を満たした。

(よし、行くぞ)

決意してみたものの、心臓がトクトクと音を立て始める。会議などで役員の前で発言をしなければならないような場面ですら、こんなに緊張したりはしない。

喉が渇き、チャイムに伸ばした手が震えていた。もちろん、寒さのせいではない。

(ちゃんと謝るんだ)

自分を奮《ふる》い立たせ、思いきってチャイムを鳴らした。すると、バタバタと足音がして中から子供の声が聞こえてくる。

「は〜い！」

出てきたのは楓だった。

「あ、あの……っ」

まさかいきなり楓が一人で出てくるとは思わず、相沢はまたパニック状態になっていた。

プレゼントを渡すどころか子供の目線に合わせてしゃがみ込むことすらできず、直立不動のまま上から楓を見下ろすだけだ。

顔が硬直しているのが、自分でもわかる。

笑え笑えと自分に言い聞かせるが、石膏《せっこう》か何かで固めたかのように表情筋が動かない。せめて冷たく見られがちなメガネは外してくるべきだったと思うが、あとの祭りである。

「こ、この前は……」

きょとんとした顔で自分を見上げられると、相沢は仕事で味わうのとは別の緊張感に見舞われた。言葉がスムーズに出ない。

シミュレーション通りに行かないことは仕事でもよくあり、そういう時こそ機転を利《き》かせてその場を上手く切り抜けるが、やはり子供が絡むとここでもいつもの相沢はどこかへ身を潜《ひそ》めてしまう。

そうしている間に、楓の顔がくしゃくしゃくしゃになっていき、ひくっ、と嗚咽《おえつ》が漏れた。

そして——。

「わ————ん」

「あっ、ちょ……っ」

自分の犯した罪を隠すために罪の上塗りをするように慌てて宥《なだ》めようとするが、それがますます楓の恐怖心を煽ったようでさらに声を張りあげた。しかも、家の中から「楓が泣いてるよ～」と声がして、今度は先ほどよりも乱暴な足音がこちらに向かってくるではないか。

半分開け放ったままのドアの向こうに見えたのは、派手なスカジャンとジーンズだ。

「あ……」

「……テメェ。なんの真似だよ？」

運が悪いことに、出てきたのは陸だった。

陸は拳《こぶし》を強く握ったまま玄関から飛び降りると、靴すら履かずに殴りかかってくる。

「——ぐ……っ」

相沢は勢いよく後ろに転がった。手をついた弾みで軽く捻《ひね》り、鈍い痛みが走る。口には、鉄のような生臭い血の味がした。

これが殴られた時の味だ。痛いというより、熱い。

「楓を泣かせて何が楽しいんだ？　しかもなんだよ、その箱」

大きなリボンのついたそれを睨む陸に、楓に渡すために持ってきていたことを思い出す。

「これは、この前のお詫びに……」

「恵んでくれるってわけか？」

「違う。そんなつもりじゃ……」

「何が違うんだよ！」

座ったままの状態で胸倉を掴まれてねじ上げられたかと思うと、道路まで引きずっていかれ、まさに叩き出すというに相応《ふさわ》しい乱暴さで放り出されてしまう。アスファルトに両手をついたまま振り返った相沢は、陸に冷たい言葉を浴びせられた。

「二度と来んなっつったろ？　帰れ！」

唾こそ吐きかけられなかったが、気持ちの上ではそうしたかったに違いない。無言で陸が家の中へ消えていくのを為す術《すべ》もなく見送り、アスファルトに座り込んでしまう。

地面の冷たさが伝わってくるが、しばらくそこを動くことができなかった。

（馬鹿だな……）

近所の住人だろうか。年配の女性が変なものを見る目で相沢を見てそそくさと通り過ぎる。ため息をつき、立ち上がってスラックスを軽くはたき、落ちたメガネとプレゼントの箱を拾って一郎の家をじっと見た。

中では、自分がどんなにひどいことをしたのか陸が家族に漏らしているだろう。小さな末っ子の涙は、もう止まっているだろうか。

そう思うと、まともに謝ることすらできない自分に落胆せずにはいられず、トボトボと歩き出す。

「なんで、こうなんだろう……」

擦り剝いた手のひらが、熱を持っていた。自虐《じぎゃく》的に笑いながら思い出すのは、一郎の顔である。

子供の相手一つロクにできない自分が、とんでもなく無能な男に思えてきた。

一郎と出会うまでは、無能どころか自分に自信さえ持っていた。確かに字が下手なことにコンプレックスは持っていたが、この歳で室長という役職を貫い、ボーナス時の評定はいつも最高ランクをつけられ、重大な会議には必ず呼ばれる。手がけてきた仕事の評価も注目されるものだった。

しかし、それは自分というもののほんの一部分だ。人間性という点では、仕事の成果など関係ない。

また、女性を愛することはできず、世間に公表できないような関係を結ぶくらいならとストイックに一人を貫いてきたが、それも一郎とのことで、自覚していた以上に意思が弱いことを知った。

それまで信じてきた自分の像が、いとも簡単に崩れていく……。

理想通りに人生を歩んでいると思っていたが、よくよく見てみるとそこにあるのはとんだ欠陥品だ。人としての魅力など、どこにもない。

相沢は、道端に出してあるゴミ袋の山にプレゼントの包みを捨てて歩き出した。自己嫌悪に苛まれながら駅に向かっていると、遠くのほうからこちらに向かって歩いてくる人影があるではないか。それは相沢の存在に気づいていったん立ち止まり、再び歩き出す。

影の正体が一郎だとわかると、「今日のシフトは夜勤だったはずなのに……」と、戸惑うあまりそこに立ち尽くした。

「あの……こ、こんばんは」

一郎の視線は切れた唇に注がれているのに、間抜《まぬ》けな言葉だ。

「その顔、どうしたんだ?」

「……別に……」

いつもの一郎の態度と違うのは、なんとなくわかる。こういう時こそ、軽いジョークを口にするような男だ。

やはり、この前のことは一郎の耳に届いているのだと確信した。

「実は、その……習字の稽古はもうやめようと思って。断りに」

電話一本で済む話をわざわざ出向いてするだろうか。もう少しまともな言い訳が思いつかないのかと、自分を呪った。

どうしてだと聞かれたら、なんと答えよう。問いつめられたら、自分の気持ちを白状してしまいそうだ。しかし、意外にも相沢の心配は杞憂《きゆう》に終わる。

「そうだな。俺もそうしようと思っていたところだ」

思わず「え?」と聞き返しそうになり、その言葉を唾と一緒に呑み込んだ。

「俺もちょっと忙しくてな。あんたにつき合ってる余裕がなくなってきた」

頭を掻きながら言う一郎の視線は、相沢に注がれてはいない。意図的に目を合わせようとしないのが、よくわかる。面と向かって楓のことを非難しないが、愛想を尽かしているといったところだろうか。

「じゃあ、お互いそのほうが都合がいいってことで。今まで、ありがとうございました」

それだけ言うと、逃げるようにそこをあとにした。足早に駅に向かう相沢の心は、乱れに乱れている。

逃げずに事情を説明して謝ればよかったのに、それすらもできなかった。最後のチャンスだったというのに。

「……はぁ……っ、……はぁ」

どれくらい歩いただろうか。

ふと立ち止まって振り返るが、もちろん追いかけてくる人影はない。何を期待していたんだ……、と嗤《わら》い、そこに佇む。

闇の中に弱々しく浮かぶ街頭の光が、相沢には寂しそうに見えた。

相沢の携帯に父親から連絡が入ったのは、それから十日ほどあと——正月休みを挟んだ年明けすぐのことだった。

何週間も連絡をしてこないと思えば、明日日本に帰るなんて言って電話をしてくるのはいつものことだ。正月だとか盆休みだとかも、関係ない。今回も明日の帰国に合わせて食事でもどうかという誘いで、いつもなら母には相沢から連絡を入れるがすでに電話をしているということだった。

久し振りに両親に会うというのに、心が沈んだままだ。

「久し振りだな。最近はどうだ？」

「悪くない。父さんは？」

「順調だよ」

約束の中華料理店で落ち合うと、数ヵ月ぶりに会う父といつも通りの挨拶《あいさつ》を交わした。

個室の中央には円卓があり、赤に金色の装飾が施されている。贅沢《ぜいたく》な店だ。

「忙しいが充実している。母さんもだ」

紹興酒《しょうこうしゅ》を飲みながら出てくる料理に手をつけ、お互いの近況を報告し合う。普通なら大学進学や就職を期に家を出てからすることだが、この家族は相沢が小学生の頃からこんな会話を続けている。

それでも、相沢にとっては大事な家族だ。

このところずっと落ち込んでいたため、今日は全部忘れて家族との時間を楽しもうと、なるべく一郎のことを考えないようにする。

「やはりこの店は落ち着くな」

「私は和食がいいって言ったのに」

「じゃあ母さんのリクエストってことで、次は和食にしよう。いい店を探しとくよ」

黒酢の酢豚は衣《ころも》が香ばしく揚がっており、肉厚の玉葱《たまねぎ》が絶妙な歯応えだった。丸鶏や金華《きんか》ハム、干し貝柱などの出汁《だし》で長時間煮込まれたフカヒレの姿煮は舌が蕩けるようだ。青菜の油炒めもにんにくと塩をメインにしたシンプルな味だが、強い火力で仕上げられたプロの料理は自宅では味わえない逸品だった。

最近食欲の落ちている相沢には少々重いメニューだったが、それでも久々に囲む両親との食事の席ということが箸を進ませた。

しかし同時に、父や母があまり料理に手をつけていないことを訝《いぶか》しく思ってもいた。

先ほどから、酒ばかり口にしている。

「ところでな、今日はお前に話があるんだ」

「改まってなんだよ?」

父がめずらしく言い出しにくそうにしているのを見て、今日呼ばれたのはたまたま時間が空いたからではなく、大事な話があってのことだとわかった。お互い顔を見合わせる二人に、にわかに不安が広がる。

「実はな、父さんたち離婚するんだ」

「え……」

相沢は自分の耳を疑った。熟年離婚なんて言葉があるが、まさか自分の両親がそんなことになるなんて予想もしていなかった。

「い、いきなりだな。どうして？」

動揺を顔に出さないように聞くが、声は少し上ずっている。両親の離婚に動揺してグレるような子供でないとはいえ、ショックは大きい。

「実はいきなりではないんだよ。離婚のことは、ずっと考えていたことだ。お前が子供の頃に何度もこういう危機に直面した」

信じられなかった。

両親はお互い仕事を持つ身だが、家族に対する愛情は人一倍だと言い聞かされてきた。だから、普通の家族のように一緒にいる時間が持てなくても大丈夫だと思っていたのだ。

けれども、それが幻想だったことに気づかされる。

「もう、父さんも母さんも我慢の限界なんだよ。これ以上偽の夫婦を演じたくない」

重い言葉だった。

すべて偽りだったのかと、今までそれに気づかなかった自分にも絶望する。

「本当は、お前が結婚してちゃんと家庭を持つまで我慢するつもりだった。結婚式に仲のいい夫婦として出席してやるのが、親としての最後の役目だと思ってたからな」

含みを持たせた言い方に、心臓がトクリと鳴った。血の気が引くとは、このことだ。

指先が冷たい。

何も言えずに硬直している相沢に、父は最後通告のような言葉を吐露《とろ》した。

「お前……そうなんだろう?」

はっきりと口にしないが、それは明らかに相沢が女性を愛せないことを知っていると仄《ほの》めかしていた。母に目を遣《や》ると、目を合わせづらいのか黙って料理を口に運んでいる。

心拍数が上がっていき、頭の中が真っ白になった。

いつ気づいたのか。いつから確信になったのか。

こうなったのは、自分のせいなのか――。

「お前が結婚をしないのなら、無理に夫婦である必要はないと判断したんだ。父さんたちが言ってることは、わかるだろう?」

反論などできるはずもなかった。

父には父の、母には母の人生がある。まともな息子ならまだしも、こんな自分が口出しできるはずもないという思いが相沢から言葉を奪っていた。

「いつから……気づいてた?」

「お前が中学の頃からな。異性に興味を持ち始める歳になっても、女の子のことに関心がないみたいだって母さんから相談されてな。しばらく見守っていたが、高校生になっても彼女を作らない。大学でもそうだ。この歳まで浮いた話の一つもないなんて、さすがにおかしいだろう」

最後のひとことは、相沢にとって「お前は普通じゃない」と言われているも同然だった。

人と違う自分。普通ではない自分。

両親の険しい顔を見ていると、二人にこんな顔をさせる自分を責めずにはいられない。

どうして、普通じゃないんだと……。

「お前がもっとしっかり育てていれば」

「あら、私のせいだって言うの？」

「お前が家庭に入っていればよかったんだ」

「私だって仕事を捨てられないわ。女だけが仕事を捨てて子育てしなきゃならないなんて、不公平じゃない」

「じゃあ、なんで子供が欲しいなんて言うんだ。両立できもしないくせに、見栄を張った結果がこれだ！」

「見栄ですって？」

酒が入っているのもあるだろう。

二人は自分の息子の前で、お互いを罵《ののし》り始めた。こんな両親を見るのは初めてで、悪夢を見ているのかと思った。

次第に激しくなっていく口論に、耳を塞ぎたくなる。

「俺は知ってるんだぞ。お前は、幸せな結婚をして子供を作った親友に見せつけてやりたかっただけじゃないか。仕事ができるだけじゃなく、女としてもちゃんと魅力があると証明したかった。

──違うか？」

「貴文の前でなんてこと言うのっ！　あなただって打算がなかったとは言わせないわ。いつまでも独身だと社会的信用が……」

「――もう、やめてくれ！」

テーブルを叩き、話を中断させた。

これ以上聞きたくなかった。自分が純粋に望まれて生まれてきたのではないことを思い知らされるのは沢山だ。

（なんだよ、それ……）

再び、信じていた自分の像が崩れる音を聞いた気がする。欲しくて欲しくてたまらなかったと言ってくれた両親の本音は、あまりにも身勝手なものだった。

自分の存在価値が見出せない。

「す、すまなかった」

「ごめんなさい」

二人はすぐに正気に戻ったが、一度聞かされた本音を忘れられるほど強くもない。それでも、なんとか大人としての対応をしようと気持ちを落ち着ける。

「離婚には、反対しないよ。父さんたちの自由だ。それに、どんなことになっても、俺の両親は父さんと母さんだから……」

それだけ言い、相沢は立ち上がった。個室を出る時に自分を引きとめる声がしたが、どんな言葉をかけられたのかは覚えていない。

街を歩きながら、相沢はこうなったことへの責任を感じていた。

そうだ。自分は女性を愛せない。こんな欠陥品を抱えた両親が、仕事より家族だと思えるような家庭を作れるはずがない。

まともな息子なら、結果は違っていたかもしれないと思わずにはいられなかった。孫でも見せれば、多少状況は変わったかもしれないのにと……。

そこまで考えるが、同時にそんなことはあり得ないともう一人の自分が訴える。

本当は相沢もどこかで気づいていたのだ。

不在がちの両親。どんなに耳に心地よい言葉を並べられようが、子供の頃に誰かと食卓を囲んだ記憶がほとんどないという事実は、両親の愛情溢れる言葉がただの張りぼてだったことの証《あかし》に他ならない。

わかっていて、騙されていた。両親の言葉を信じているふりをした。自分は望まれて生まれてきたんじゃないと、子供心にもちゃんと見抜いていた。

その証拠に、いつだって一人だったではないか。

「はは……」

力なく笑いながら、相沢は喪失感に見舞われていた。失ったのは、自分が信じてきた自分だ。両親の言葉がまやかしだったと見せつけられた今、人生の基盤が音を立てて崩れていく。そして、もう一つ失った大事なもののことを思い出していた。

相沢の人生観を、いとも簡単に打ち砕いてくれた男。それまで理想通りだと信じて疑わなかった己の人生が、どんなに薄っぺらくて味気のないものだったのかを教えられた。

女を愛せない自分すらも受け入れてくれた男だったのに、一郎すらも自分の許から去ってしまった。わずか三ヵ月ほどの間に育った感情は、信じられないくらい大きなものになっている。

人を好きになるのがどういうことなのかようやくわかったというのに、もう自分には何も残っていないのだと心底思わされるのだった。


自宅マンションに帰る気にならず、相沢はその足で自分と同じ性的嗜好を持つ人間が集まる場所に向かった。

話には聞いたことがあったため、さして探さずに済んだ。適当に入った店はなかなか趣味のいいショットバーで、特別いかがわしい雰囲気はない。男同士が親しげにしているため、かろうじてそういう店だとわかる程度だ。

「な、あんた一人?」

三杯目のカクテルが空になる頃、タイミングを見計らったかのように男が声をかけてきた。男の実年齢が見た目とそう変わらないのなら、相沢より四、五歳は下だろう。

イイ躰をしているが、まとわりつくような視線のせいかスポーツマンのような爽《さわ》やかさはまったくない。

「聞こえなかった？　一人かって聞いてるんだけど？」

「ええ、一人ですよ」

「ふーん。新年早々カレシにでもフラれた？」

「別にそんなことありません」

「寂しそうだな」

そう言われ、今初めて自分が抱えている感情に気づいた。

そうだ。自分は寂しいのだ。

初めて会った人間に見抜かれるなんて、よほどみじめたらしく背中を丸めていたのだろうと、おかしくなって口許を緩める。

「どうしたんだよ？」

「いいえ、別に」

男は相沢の隣のスツールに座った。カウンターに置いていた自分の手に、男の手が重ねられるのをじっと見つめる。

「俺、裕也《ゆうや》。あんたは？」

「……貴文」

「いい名前だ。だけど、めずらしいな」

「何がですか？」

「スーツにメガネ。ブリーフケース。男を漁《あさ》りに来る格好じゃない」

男を漁りに——耐えられない言葉だった。

違うと言おうと思ったが、客観的に見ると今まさに自分はそういうことをしているんだと思わされ、反論の言葉を呑み込む。

「そうですかね」

そっけない態度が逆に興味を煽ったようで、裕也と名乗った男は身を乗り出した。

「寂しいなら、慰めてやろうか？」

耳許で囁かれて身を固くするが、裕也が勝手に人の勘定《かんじょう》を済ませて手を繋ぐと、されるがまま一緒に店を出る。

もう、どうでもいい。

これまでただ自分が描いた通りの人生を歩んできたが、こんな欠陥品がどんなに品行方正にしても無駄だと思えた。いっそ会社にバレてクビにでもなれば、すっきりする。

少し大きな通りまで出ると、人で溢れていた。どうやら道路工事が行われているため、歩道の一部がコーンで仕切られているようだ。人波に押されるようにしてその横を通って横断歩道へ向かうが、ようやく人混みを抜け出たと思った時、工事現場の騒音に混じって自分を呼ぶ声が聞こえる。

振り返ると、相沢は目を見開いた。

紺色の制服に身を包み、手に誘導灯を持っているのは、紛れもなく一郎だった。その視線が男に握られた相沢の手に向けられ、すぐにまた相沢と視線を合わせる。

驚いたような、そして相沢の行動を責めているような険しい表情をしている。

「誰？」

「さ、さぁ。知らない人だ。行こう」

「——おいっ！」

一郎の声を無視して裕也の手を引いて歩き出すと、相沢は横断歩道を渡った。

ゆきずりの男と一緒のところを見られてしまった——相沢の心は罪悪感でいっぱいだった。自分でも嫌悪する行動を一番見られたくない相手に見られた精神的ダメージは強く、この偶然を呪わずにはいられない。

一郎が途中まで追いかけてきたのは見たが、どうやら赤信号に捕まってしまったようで通りを渡ったあとに振り向くと、その姿は消えている。もしかしたら、相沢なんかとは関わらないほうがいいと気づいて自ら追いかけるのをやめたのかもしれない。

（最悪だ……）

両親の離婚を聞かされてこれ以上悪いことはないと思っていたが、まだあったのかと追い打ちをかけられたような気になった。もしかしたら、これで終わらないかもしれない。

「あれ誰？　あの日雇いのおっさんみたいなのが、元カレだったりして」

裕也の言葉に、目頭が熱くなった。

一郎が自分なんかを好きになるはずがない。好きになってもらえるはずがない。

そう思うと、悲しみが込み上げてくる。

「違いますよ。変な詮索しないでください」

「そうだな。セックスすんのにそんな情報いらねーもんな。ごめん、野暮《やぼ》だったよ」

相沢は男に肩を抱かれ、ラブホテルの駐車場から建物の中へと入っていった。

無人のフロント。パネルには部屋の写真がズラリと並んでいる。どの部屋にしようかと聞かれたが、どれも同じに見えた。

最後に見た一郎の顔が忘れられない。

「どれでもいいなら、勝手に選んじゃうよ」

男が言うが早いか、背後から伸びてきた手に相沢は腕を強く摑まれた。

「何やってんだ！」

「……っ、……惣流さん」

いったん撒いたと思っていたが、一郎は諦めてはいなかったらしい。相沢をグイグイと引っ張って行き、ホテルの敷地から連れ出す。

摑まれた腕があまりに痛くて、顔をしかめながら必死で引き剝がそうとするが、びくともしない。

「あの男と寝るのか?」

「あ、あなたには関係ないです」

お願いだから、これ以上自分を見ないでくれと心が悲痛な声をあげた。なぜ、こんなことをしてまで自分を連れ戻そうとするのか、わからない。

「あんな男と寝るのかと聞いてるんだ」

「そ、そうですよ。いけませんか？　恋愛は自由でしょ？」

「何が恋愛だ。この馬鹿が」

「――おい、待てよ。俺を差し置いて何二人で盛り上がってんの？」

二人を追いかけてホテルの敷地から出てきた裕也が、不機嫌そうに唸《うな》った。しかし、一郎は少しも怯《ひる》まない。

「ガキは引っ込んでろ」

「なんだと？」

「お前みたいなお子様に、こいつは上手く扱えねぇよ。俺だって手こずってるんだ。怪我したくなけりゃあ、とっとと消えろ」

「どっちが怪我するか、試してみるかぁ！」

裕也が拳を振り上げて一郎に殴りかかる。

「ぐ……っ」

拳は一郎の横っ面にヒットしたが、殴られても尻もちをつくどころかよろけもしない。何か当たったかと言いたげな顔をし、親指で唇から微かに滲んだ血を拭い、上から裕也を見下ろすだけだ。

「満足したか？」

「す、するわきゃねーだろ……、――っ！」

二発目を浴びせようとしたところで裕也の腕が不自然な方向に曲がったかと思うと、アスファルトに膝をついた。

「痛ぇ！　痛ぇよ……っ！」

「調子に乗るなよ、坊主。一発目はこの困った大人が一度乗ったあんたの誘いをキャンセルしたお詫びだ。だが、二度もおとなしく殴られてやるほどお人好しじゃねぇぞ」

「は……離せ……っ」

「怪我したくなかったら、さっさと消えろ」

「わ、わかったよ。もう消えるって！」

裕也は悔しそうにしていたが、歯が立たないと悟ったのか、一郎が腕を離すと逃げるようにしてその場から消えた。

ラブホテルが並んでいる一画だからか、人通りの少ないそこは独特の空気が漂っていた。静かではあるが、そこここに欲望の匂いが潜んでいる。気まずくて、息がつまりそうだ。

「ったく、何してんだ。誰だ、あの男は」

「俺のことなんか、ほっといてください」

「まだ言うか。ほっとけないからこうして来たんだろうが」

一郎はボリボリと頭を掻くと、腹を決めたとばかりに真面目な顔で相沢を見下ろした。まっすぐに見つめられると声も出ず、黙って見つめ返す。

「いいから俺の話を聞け。ごちゃごちゃ言うのは性に合わないから端的《たんてき》に言う。俺はあんたを…

……」

一郎がそう言いかけたかと思うと、後ろのほうからものすごい声が聞こえてきた。

「惣流っ、こんなところにいやがったのか！　仕事中に持ち場離れて何やってんだっ。上に言って時給下げてもらうぞ！」

「げっ」

声の主は、一郎と同じ格好をした浅黒く日焼けした五十過ぎの男だった。おそらく現場の先輩だろう。男はまるで喰い逃げ犯でもとっ捕まえるように一郎の制服を摑むと、持っていた誘導灯で一郎の頭をポカポカと叩いて怒鳴りつける。

背は低くて小柄な相手だが、仕事放棄して相沢を追いかけてきた一郎はペコペコと頭を下げることしかできない。

「あ、あとで連絡する」

カッコ悪いところを見られたと言いたげなバツの悪そうな顔をして、一郎は男とともに仕事に戻っていった。それを見送りながら、どうして自分を追いかけてきたのかと思った。

俺はあんたを――言いかけたあの言葉の続きに、つい期待をしてしまう。行きずりの男とホテルに入ろうとするのを止める訳。

いや、変な勘違いをするな、と自分に言い聞かせてメガネを中指で押し上げるが、真剣に自分を見つめてくる一郎の表情を思い出すにつれ、胸がトクトクと高鳴る。

あんな熱い眼差しを向けられて、期待しないでいろと言うほうが無理だ。言葉以上に語りかけてくる瞳が頭から離れない。戸惑いのあまり相沢はすぐに次の行動に移ることができなくてその場に佇んでいたが、ふと視線の先に気になる動きをするものを見つけた。

人気のない路地を通りに向かって突き進む人影。後ろ姿だが、あれは裕也に違いない。

(何……?)

胸騒ぎがして、そのあとを追って大通りに出た。一瞬、視界から裕也の姿が消えたが、急ブレーキとともに何かがぶつかる鈍《にぶ》い音と女性の悲鳴が聞こえてくる。

急いでそちらに向かい、集まる野次馬を押しのけて前に出ると、道路に一郎が倒れている。

「惣流さん!」

遅かった。

おそらく、裕也が先ほどの腹いせに一郎を突き飛ばしでもしたのだろう。たとえ相手が元スポーツ選手でも、突然襲えば道路に躰を弾き飛ばすくらいのことはできる。

「惣流さん! ——惣流さん……っ!」

相沢は辺りを見回したが、裕也の姿はもうなかった。嘘だ、嘘だ、と心の中で繰り返すだけで、縋りついていることしかできない。

反応のない一郎に、最悪のことを考えずにはいられなかった。

五分ほどすると救急車が来て、救急隊員が一郎を車の中に運び入れる。相沢もそれに乗り込んで一郎の手を握ると、耳許で何度も名前を呼んだ。

そうすることで、消えかけた一郎の命を繋ぎ止めておこうとでもいうように……。

後悔した。

自棄《やけ》になって男を漁った結果が、これだ。自分の愚かな行為が一郎の命を奪うことになるかもしれないと思うと、どうしようもない焦燥《しょうそう》と悲しみに襲われる。

「俺があの人とホテルになんか行こうとしたから……っ。お願いです。死なないで、くださ……。あなたに何かあったら、生きていけません」

誰が聞いていようが構わなかった。縋りついて、心に浮かんだ自分の気持ちをそのまま口にした。伝えずにはいられなかったのだ。

一郎の家族に対する戸惑いと、それが軽蔑ではなく、むしろ憧れだったという思い。楓を泣かせてしまったことへの後悔。申し訳なさ。コミュニケーション能力に欠けるあまり、思うように行動できない自分への焦り。

そして、一郎に対する本当の気持ち。

今さら言っても仕方がないとわかっていても、ひとたび溢れ出した本音は止まらない。

「こんなに……誰かを好きになったのは、初めて、なんです……っ」

震える声で訴えることが、今相沢にできる唯一のことだった。言葉にしながら、心の中でも死なないでくれと繰り返す。

混乱のあまり、叫び出したい衝動に駆られるが、そうする寸前のところで『落ち着け』とばかりに大きな手が相沢の背中に触れる。

「何だ、それならそうと早く言え」

「――っ！」

弾けるように顔を上げると、一郎と目が合った。

「な……っ」

むくりと起き上がる一郎を見て、『どういうことだ……』と周りを見回す。すると、救急隊員たちは明後日のほうを向いていた。

聞いてはいけないものを聞いてしまった彼らができることは、ただ一つ。聞かなかったことにしてやることだけだ。

「気がついたらあんたが耳許で騒いでやがるし躰は痛ぇし、何事かと思ったんだが、せっかくだから聞いてやっとこうと思ってな」

「な、な、な、な……っ」

「それに何勘違いしたか知らねぇが、事故に遭ったのは、あんたのせいじゃない。寝不足で倒れたからだよ。通りのほうによろけちまったもんだから……」

一郎の言葉に、啞然とした。

あれは裕也じゃなかったのか――通りに向かう人影を思い出し、ただの思い込みだったことを恥ずかしく思う。ドラマでもあるまいし、腹いせに報復に出たなんて、よく考えついたなと我ながら感心する。

しかし、本音を聞き出すために意識がないふりをするなんて悪趣味だ。

「あ、あ、あ、あなたねぇ！　人がどれだけ心配したと……っ、……っ」

安心するあまり嗚咽が漏れそうになるが、なんとか堪える。もっと文句を言ってやりたかったが、そうすると言葉より先に涙が零れそうで唇を強く嚙んだ。

「そんなに俺が好きか？」

答えられるはずがない。でも、好きだ。一郎が好きだ。一郎が無事で本当によかった。

心の中で何度もそう嚙み締める。

「俺はあんたが好きだぞ」

人前で告白されるのは初めてで、あまりのいたたまれなさにすぐにでも救急車から飛び降りたくなった。しかしそんなことができるはずもなく、相沢は病院に着くまでその隅で俯いたまま赤面していた。


病院で検査を受けた一郎が解放されたのは、事故があってから約一時間後のことだ。事故現場の検証は終わり、一郎を撥《は》ねた車の運転手が病院に駆けつけていたが、無事とわかって安心したようだ。

一郎からの聴取は後日ということになり、こうして相沢のマンションに来ている。

「騙《だま》すなんてひどいですよ」

「救急車に運び込まれた時は、本当に気ぃ失ってたんだよ」

「で、どうして俺の部屋に来るんですか」

「今日は朝まで仕事って言ってあるからな。事故に遭って途中で帰ってきたなんて聞いたら、あいつらが心配する」

どこまで本当だか……、と思いながらも、追い返す気にはなれずに素直に部屋に通した。あんな告白を聞かれたあとだけに、一郎とこうして二人きりでいることに緊張を覚えずにはいられない。

「さっき言ったのは本当のことか？」

「な、なんのことです？」

「俺が好きだっつっただろうが。泣きべそかきながら、楓を泣かせて反省してるなんてことも言ってたなぁ」

一郎はニヤニヤと笑いながら救急車の中でのことを蒸し返した。本当のことだけに、何も言い返せない。かといって、今さら嘘をつくのも白々しい。

「そうかそうか。やっぱりあんたは俺のデカチンに興味津々だったわけだ。どうりで字が上手くなんねぇと思ってたら、ずっと俺のチンコのことばっかり考えてたんだな。そりゃ、上手くなるもんもならねぇよな」

「ちょっと、やめてくださいよ」

「本当のことだろうが」

相変わらずの一郎節。

どうしてそういう物言いしかできないのだと思うが、同時にそんなことを口にする一郎に魅力を感じているのも事実だ。飾ることも取り繕うこともせず、ありのままの自分でありのままに迫ってくる。

「どうやってしゃぶってやろうかって思ってたんじゃねぇのか?」

「な……っ、そ、そんな……下品なこと考えてなんか……っ」

こんな破廉恥な言葉は聞いたことがないと、耳まで真っ赤になった。

恥ずかしいやらあまりの下品さに頭に来るやら——。

しかし、自分がすでに一郎が振り撒く男臭い魅力に囚われているのもわかっている。

「俺は、あんたのナニをしゃぶれるか想像してみたぞ」

口許に笑みを浮かべてそんなことを言う一郎に、絶句した。

本当になんて男なんだろうと思う。けれども、一郎が本気なのもわかった。そんなはずないと思うが、熱い瞳は言葉以上に一郎の気持ちを表している。

下ネタでからかわれるより悪い。

「……さ、最低、ですね。そんな……に、しゃぶりたいならほかの……っ」

「あんたのがいいんだろうが。男に惚れたのは初めてだからな。しゃぶれるかどうか、想像してみるくらいいいだろう?」

「……っ!」

サラリと「惚れた」と言われて、ますます平常心を失ってしまう。どう反応していいのかわからず、そっぽを向いた。

「お、俺は……あなたなんか……っ」

好きじゃない、なんて真っ赤な嘘だ。もちろん、一郎もわかって聞いている。余裕の笑みを向けられると、何を言っても無駄だと思い知らされ、このままではいつまでも成長しないと思っておずおずと一郎と目を合わせた。

「最初はデキる室長さんが、思ったより子供っぽいところが可愛くてな。噂と違って不器用で生きるのが下手で、ほっとけなかった。今まで何人もの女とヤッたが、彩子の写真を見て後ろめたくなったことなんてなかった。だけど、あんたをうちに連れてきた時、初めてそう感じたんだよ。つまり、本気だってことだ」

「そ、惣流さん……」

「だから、あんたとは会わないほうがいいと思ったんだ。習字の稽古をやめようと言ったあんたにあっさり同意したのも、そのせいだ。だが、ほかの男にやるくらいなら俺が貰う」

一郎の手が伸びてきたかと思うと、腕の中に抱き込まれた。逞しい胸板に頭を押しつけられ、このまま顔を埋めてしまいたくなる。

「この前、楓に謝りに来て陸に追い返されただろうが。三歳の子供に『ごめんなさい』も言えないなんて、困った室長さんだ」

揶揄の混じった言い方に、頬を染めた。

相沢が不器用と知っている人間は、そう多くないだろう。ここまで相沢を見抜いているのは、一郎だけかもしれない。

本当の自分を知ってもなお、好きだと言ってくれる相手。

「気がついたら、あんたのことばかり考えるようになってた。俺が熱を出した日のこと、覚えてるか？」

答えなかったが、よく覚えている。初めて他人の肌の感触や体温を知った夜だ。

「不器用なあんたは、女を愛せないだけじゃなくて男の躰も知らなかった。他人の体温を知らないあんたが可哀想でな」

「でもそれは……」

「同情じゃない。『誰もまだ手をつけてないまっさらなあんたの躰に触れるのは俺だ』なんて、独占欲が出ちまった。……なぁ、想像ではできたんだ。しゃぶらせてくれるか？」

「……っ」

「俺にあんたのをしゃぶらせろ」

「な、な、な……っ」

真面目な顔で迫ってくる一郎に絶対に嫌だと首を振りながら後ずさるが、ソファーにぶつかり足を止めた。これ以上逃げられない。

優しげな笑みを浮かべながら目眩を覚えるような牡のフェロモンを振り撒く一郎に、そうされてみたいという誘惑に駆られてしまう。

「ちょっと、待ってください」

「いいから見せろ」

「み、見せろって……っ、……ぁ……っ」

軽く肩を押され、ソファーに座らされた。

「しゃぶってやるから」

「そんな……き、汚い……です」

愉しそうに相沢のスラックスに手を伸ばす一郎に抵抗するが、ニヤリと笑いながら自分を見上げた一郎に息を呑む。

「いいから、しゃぶらせろ」

抵抗なんかできなかった。絶対の権力を誇る王が放った命令のように感じてしまう。ひれ伏さずにはいられない。

「んぁ……っ」

いきなり口に含まれて、腰が砕けたようになった。まだシャワーも浴びていないのに、なんの迷いもなくこんなことができるなんて信じられなかった。嫌じゃないのかと思うが、一郎はそれどころか、さも愉しげに舌を出して相沢の中心を嬲《なぶ》っている。

「ぁ……、……はぁ……、……ぁあ」

自分を舐《な》め回す一郎の姿はセクシーで、見ているだけでも感じた。

喰われる——身の危険を感じるほどの色気を振り撒く男を前に、被虐《ひぎゃく》的な悦びを感じずにはいられなかった。身を差し出す悦びに魅入《みい》られてしまう。

「俺のどこが好きなんだ？」

愉しげに尋問され、相沢は快楽の中で白状していた。

全部だ。

男らしい躰も、匂い立つような男の色香も、常識外れなところも全部好きだ。人としての器の大きさに憧れる。筆を走らせる姿にも普段と違った大人の男としての魅力があり、正直なところそれを見るとしたくなるのだ。抱いて欲しいと思ってしまう。

挙《あ》げるとキリがない。

はしたない自分を自覚させられたことが、これまで何度あっただろうか。

「ぁ……っ、……んぁあ、……ぁ……」

次第に抵抗する気力もなくなり、いつの間にか腰を浮かすようにして注がれる愉悦を貪っていた。一郎の舌技に骨抜きにされ、貪欲な獣になろうとしている。

「対面座位ってのを、やってみたいか？」

「……っ」

悪戯っぽく言う一郎に、二人で扱《しご》き合った夜のことを思い出す。

向かい合った状態で一郎に跨り、手淫に我を忘れた。繋がるまでには至らなかったが、それでもこんな快楽があっていいものかと思わされた。奥まで届くと言われ、一郎の屹立で自分を貫いて欲しいと思ったのも確かだ。

「やりてぇんだろ？」

見透かしたような言葉に羞恥を覚えるが、自分の気持ちを誤魔化すことはできない。

そうだ。やってみたいのだ。一郎と繋がってみたい。一郎とのセックスなら、たとえ倫理に反していることだろうが構わない。

「し、したくて、悪いですか?」

照れ隠しに冷たく言うと、一郎が耳許でクスリと笑いながらそっと囁く。

「悪いもんか。俺もあんたが欲しい」

欲しいと言われ、心が蕩けた。

それがわかったのだろう。一郎は目を細めて相沢の唇を親指の腹でそっとなぞる。

「……っ!」

唇まで性感帯になったようにピクリとなり、感じやすい自分が恥ずかしくて目を伏せた。

どうして相手が一郎だと、これだけのことに敏感に反応してしまうのか――。

誰かを好きになることで、これほど自分が変わるなんて予想だにしなかった。

「薬箱はあるか?」

黙ってリビングの棚に視線をやると、一郎はいったん立ち上がってからその中を漁り、軟膏《なんこう》を手に戻ってきた。そして相沢と入れ替わりにソファーに座り、自分に跨るよう相沢を促す。

「ズボンを下ろして尻を出せ」

あからさまな言い方をしないでくれと言いたいが、同時にそんな物言いをされて気分が高揚《こうよう》しているのも事実だった。なんて人だと思いながらも、おずおずと一郎の膝を跨ぐ。

自分で脱ぐのに躊躇《ちゅうちょ》していると、下着ごとスラックスを膝まで下ろされる。

「ぁ……、……っく、……ぅ……っ、あっ」

軟膏を塗りたくった指が後ろに伸びてきたかと思うと、それは容赦なく蕾《つぼみ》を押し広げた。まだきついが、ゆっくりと出し入れされているうちに次第にほぐれていく。

「力を抜け。俺に預けろ」

「ぁあっ、……あっ、……痛ぅ……っ」

こんなに苦しいとは、思っていなかった。まだ指一本だというのに、躰が裂けてしまいそうだ。繋がることなんて到底無理だと思えてくるが、それでも一郎が欲しいと訴える自分がいることに気づかされる。

「ほら、少しずつほぐれてきた」

「ぁ……、待……っ、……ぁあ」

指を増やされた相沢は、助けを求めるように一郎の首にしがみついた。けれども指は容赦なく中に入ってくる。

優しく掻き回されているうちに、次第に慣れていくのがわかった。苦痛が完全に消えることはないが、一郎の指を咥えた部分が時折ひくりとなり、軽く太腿が痙攣する。それが訪れる感覚が少しずつ狭まっていったかと思うと、奥のあるポイントを刺激されたのをきっかけに、たがが外れたようになる。

「んぁあっ、あ、……はぁ！」

「どうした？　ここか？」

「ダメ、です……、……ダメ……ッ」

言葉とは裏腹に、身も心も一郎を求めていた。蕾は一郎の指に吸いついて離さない。

「本当にダメか？」

「……ダメ、……ダメ」

「嘘つけ。そろそろ、欲しいだろ？」

挿入を試みる一郎に、相沢は無意識のうちに首を横に振っていた。まだ無理だ。

しかし一郎は聞く耳を持たず、ファスナーを下ろして屹立したものを取り出すといきなりあてがってくる。

「——ぁ……っ！」

膝立ちになった状態から徐々に腰を落としていくが、自分を引き裂く熱はあまりに熱く、すぐに受け入れることはできなかった。

「できねぇか？」

「でき、ま……、——んあぁぁ……っ！」

答える前に、いきなり腰を引き寄せられて深々と収められた。苦痛に喘ぐが、それでも一郎はさらに深く侵入してこようとする。

少しでも楽になりたくて膝に力を入れようとするが、なかなかできなかった。僅《わず》かでも力を緩めると一郎が奥深く入ってくるのだ。

「ほら、イイだろうが。奥に届くと、息がつまるだろう?」

そんなに深く入ってこられたら、どうなってしまうかわからない――そんな思いから、膝立ちになろうとするが、一郎の手が腰に添えられたかと思うと、ゆっくりと前後に揺すられる。

「こうやってな、腰を回すんだ。今、締まったぞ。そんなにイイか」

「はぁ……っ、……んぁ、あぁ」

「わかるか? あんたのここ、俺をしゃぶり尽くそうとしてる」

「一郎さん……、……んぁ……ぁ」

「俺のは美味しいか?」

「ぅ……っく、……んぁ」

「そうだ。上手に動いてるぞ」

少しずつコツが摑めてきて、動きながらうっすらと目を開けると、欲情した獣の姿が目に映る。

精悍な顔立ち。熱い視線。

不精髭すらも、一郎の野性的な男の色香を引き立たせるものでしかない。こんな男が相手なら、自分が男を捨てるのが自然なことだと思えてくる。

「ん……」

唇を重ね、促されるまま腰を回しながら深く口づけた。メガネが少し邪魔だが、一郎はそれを外そうとはせず、舌を絡め、吸い、時折嚙んでみせる。シャツの中に忍び込んできた手も、相沢から快楽を引き出して理性を奪い去る。

胸の突起をそっと摘《つま》まれると、ビクビクと一郎を締めつけた。

「んぁ、……ぁ……、ん……、……ふ」

顔を包み込むように両手を頬に添え、濃厚に口づけてくる一郎に夢中だった。呼吸が速くなり、自分を見失いそうになる。

「どうした？」

唇を離されるが、獣と化した相沢は自ら抱きついてキスをねだった。腰を振りながらこんなふうに男を喰らうなんて信じられないが、もう自分を止められない。

躰が熱くて、溶けてしまいそうだ。

「飢えたあんたは、可愛いぞ」

くす、と笑うのを聞きながら、さらに深く一郎と繋がろうと腰を押しつけた。すると、尻を鷲《わし》摑《づか》みにされ、乱暴に揉みほぐされる。

その刺激が一郎を咥え込んだ部分にダイレクトに伝わり、我を忘れるほどの快感に狂いそうになる。

「や……、……ぁあ、……んぁあ！」

「そろそろ、本気出していいか？」

「一郎……、……さ……」

まだ手加減していたのかと思い、これ以上快楽を注がれたらどうなるかわからないと不安になる。しかし、いきなり躰を抱えられてソファーに組み敷かれた。

「ぁあ……っ！　あっ、――ぁあっ！」

一郎の腰遣いに、声を押し殺すことなどできない。

相沢の稚拙《ちせつ》な動きとは違う。ワイルドで、逞しく、容赦ない腰つき。狂わされるほどの凄絶《せいぜつ》な快感。力強い腰つきに翻弄される。

「んぁ、あっ、……はぁ……っ、ぁあ！」

頭が真っ白になり、うなされるように首を左右に振った。

唯一縋れるものは、一郎だけだ。

「どうだ？　イイか？」

「一郎さ……、一郎さん……っ」

一郎の息が荒くなってきたかと思うと、いっそう腰遣いが激しくなる。

腰に回した指に、力を入れずにはいられなかった。激しく自分を苛むいやらしい腰つきを確かめるように、そしてさらにいやらしく突いて欲しいと懇願しているかのように、指を喰い込ませる。
ギ、ギ、ギ、とソファーが軋《きし》み、自分たちの行為の激しさを音で確かめさせられた。
「あんたの中に出していいか？」

少しだけ余裕を欠いた一郎の声が、耳に飛び込んでくる。

「……して、……出して、くださ……、」

もうこれ以上、我慢できそうになかった。

獣のように唸りながら自分に襲いかかってくる一郎に身を差し出し、せり上がってくるものに身を任せる。

一郎が中で痙攣するのを感じ、相沢もまた下腹部を震わせて白濁を放った。

「ぁ、あ、あ、あ、――ぁああ……っ！」

「……っく、――はぁ……っ、……はぁ」

自分に覆い被さってくる躰を受け止め、抱き締める。すぐに息が整わないが、人の重みがこんなに心地いいものだとは思わず、喘ぐように呼吸しながらも満たされた気持ちになっていた。

「どうだ？　……よかったか？」

「……はい、すごく」

素直に言えたことに、自分でも驚く。

一郎はしばらくじっとしていたが、誘うようにゆっくりと腰を動かし始めると中のものが再び硬度を取り戻し、相沢もそれに応えるように逞しい背中に腕を回した。


相沢は今まさに、蛇に睨まれた蛙《かえる》状態だった。睨むように自分を見ている陸が、ご機嫌斜めだということは痛いほどわかる。突き刺さるような視線が痛い。

（う……）

嫌な汗が額に滲むが、ここで逃げてはいけないと自分に言い聞かせていた。

プライベートで他人とコミュニケーションを取るのが下手な相沢は、苦手なものを克服すべく、自ら進んでこの状況に置かれに一郎の家にやってきたのだ。

楓を泣かせたままというのも、後味が悪い。

せめて自分が泣かせてしまった小さな子供には、ちゃんと謝って仲直りしたかった。

「こ、この前は……」

「もういいよ。あんた、ガキが苦手だったんだってな。俺もいきなり殴ったし……」

「え……？」

「ほら、入れよ」

もっと嫌われているかと思っていたが、陸は意外にすんなりと相沢を家の中へ招き入れた。ポカンとしていると、一郎が耳打ちする。

「あれがあいつのいいところだ」

乱暴なところがあるが、根に持たない性格は、さすが一郎の息子だ。しっかりとその性格を引き継いでいる。

そう思うと憎まれ口を叩かれるのも、さほど苦にはならない。

「あの、楓ちゃんはどこですか？」

「謝りたいのか？　それならもういいぞ。あんたの気持ちはちゃんとわかってる。警備室に落とし物として届いてたぞ」

「あ！」

一郎がポケットから出したのは、楓宛てに書いた謝罪の手紙だった。出さなかったが、自分のカバンの中に入れっぱなしにしていてどこへ行ったかわからなくなっていたのだ。会社で落とした可能性を考えていなかった相沢は、口をパクパクさせることしかできなかった。

「こんな下手くそな字は見たことねぇって、陸の奴は笑ってたぞ」

「みっ、見せたんですか！」

「当たり前だ。せっかく書いたものを無駄にするな。字は下手くそだが、気持ちはちゃんと伝わってきたぞ」

一応褒めてくれているようだが、やはり恥ずかしいことこのうえない。しかも心の準備ができていないのに、大きな声で楓を呼ぶ。

「おーい、楓！」

奥から楓が出てくると、相沢は緊張しながらも笑顔を見せて名誉挽回《ばんかい》を試みた。しかし、やはり引きつった顔になってしまったようで、小さな子供の顔はみるみるうちにくしゃくしゃになり、ひくっと嗚咽が漏れる。

そして次の瞬間――。

「わ――――ん」

予想していたことだったが、やはり楓は泣き出してしまった。またやってしまった……、と自分の『対子供スキル』のなさに脱力し、そんなに自分の笑顔は怖いのかと落ち込む。

しかも、一度奥に引っ込んだ陸が不機嫌そうな顔でまた出てくるではないか。

「何やってんだよ！　子供の相手もできねーのか、この偽エリートが」

「す、すみません」

「ったく、うちで社会勉強していけ！」

陸は、ここぞとばかりに相沢を責め始めた。偽エリートとまで言う口の悪さには、さすがにムッとする。

「ま。花嫁修業だと思うんだな」

「他人事だと思って……」

愉しげに笑う一郎に、恨めしげな視線を送らずにはいられない。まるで、小姑《こじゅうと》だらけの家に嫁《とつ》ぐ花嫁の気分だ。

ひとことで言うなら、前途多難。

しかし、どこかで愉しんでもいるのは事実で、上辺《うわべ》だけのつき合いでは決して聞けない言葉を容赦なく叩きつけてくる陸をいつか見返してやると静かに炎を燃やす。

我ながら、こんなに子供っぽいところがあるなんて思っていなかった。

自分が知らない自分――。

この歳になってようやく出会ったが、今までの自分よりも好きになれそうな気がした。そんな自分を見つけてくれた野獣に感謝するが、一郎は唇を耳許に寄せてこう言う。

「しかし、本当に上達しねぇなぁ」

手紙を見てしみじみ言う一郎にムッとして、無言でそれをひったくった。

「やっぱり俺のチンコ欲しさに習字の稽古をしてるんじゃねぇか？」

「子供がいるところでやめてくださいよ」

「頭の中は俺のデカマラでいっぱいだったりしてな……。いきなり字を書かせるより、俺のチンコを描かせて筆に慣れさせせたほうが上達するかもしれんぞ」

「――惣流さん！」

「お、そうしよう。今日から俺がちゃ～んとモデルになって立派なイチモツを拝《おが》ま……、――うぐ……っ！」

聞いていられず、肘を脇腹にお見舞いしてやった。せっかく見直したというのに、所構わず下ネタを口にされ、心底呆れる。

やっぱり一郎は、ろくでもない大人だ。

おちこぼれ

「相沢《あいざわ》室長って、完璧ですよね。仕事はできるしカッコいいし」

平日の午後。社員食堂で部下の男に言われ、相沢は口に運びかけた箸《はし》を止めて視線を上げた。すると、屈託《くったく》のないにっこりとした笑顔が返ってくる。

「そんなことないよ」

「でも、みんな言ってますよ。大体、その歳で室長なんて会社始まって以来だそうですね。俺もそんなふうになれたらなぁ。欠点なんてないでしょ」

「欠点はある。俺は字が汚い」

「あ……」

部下は、そう言ってしばし固まった。

普通はここで「そんなことないですよ」くらいのお世辞が出るだろうが、そう言うと逆に嫌みになるほど、相沢の字は汚いのだ。まさにミミズがのたくった字と表現したくなるようなレベルだ。縦書きの時なんて特にひどい。文字自体のバランスがおかしいだけでなく、鉛筆《えんぴつ》でラインを下書きしていても、右に左に蛇行《だこう》してくれる。

「でも、一つくらい欠点があったって……。今はパソコンやメールが主流だから字を書く機会もそんなにないですし」

「欠点は一つじゃない」

「えー。他にあるんですか？」

「まぁ、な」

具体的にその内容を言わなかったのは、言うといろいろと探られそうだったからだ。

二つ目の欠点——それは、対子供スキルのなさである。

結婚もしていない相沢には必要なさそうだが、うっかり子持ちオヤジを恋人に持った今、それは関係を続けるために必要不可欠なスキルになってしまった。それなのに、会うたびに三歳になる娘の楓《かえで》を泣かせてしまい、息子の陸《りく》には怒鳴られ、劣等生呼ばわりされている。

それなら相沢のマンションで字を教えてもらえばいいのだろうが、あの野獣を部屋に上げることが危険極まりないのは明白で、息子の陸に罵《ののし》られながらも毎週一郎の家に通っているのだ。

「今に見てろ……」

長年自分が完璧な人間だと思い込んでいたが、本当は違うのだとこのところ思い知らされるばかりだ。まさに井の中の蛙《かわず》で、恥ずかしくなってくる。

「あ。もうこんな時間だ」

「そろそろ行くか。午後から会議だぞ」

トレーを持ってテーブルを離れると、部下とともに食堂をあとにした。すでに仕事をする男の顔になっており、すれ違う女子社員の中には頬を赤くして挨拶《あいさつ》をしていく者もいるが、子供の頃から異性に興味を持ったことのない相沢には、そんなものは嬉しくもなんともなかった。

女性に好かれなくていいから、そのぶん子供に好かれる要素か字の才能が欲しい。

相沢は、心底そう思うのだった。

「わ――――――――ん」

楓の声が、夜空に響き渡った。

右手にブリーフケース、左手にケーキの箱を持った相沢は、玄関先で引きつった笑みを漏《も》らしながら突っ立っていた。毎度お決まりの展開に、いい加減泣きたくなってくる。

（はは……）

なぜ、この笑顔で泣かれるのか――。

目一杯優しい顔をしているつもりなのに、楓にはまったく通じない。まるで鬼でも見たような顔をして泣かれる。どこがいけないのかわからず、ただただ立ち尽くすだけだ。

そしていつも通り、家の奥からドタドタと勢いよく足音が聞こえてきて、相沢が一番苦手とする長男の陸が姿を現す。

「てめぇ、また楓を泣かしやがったな！」

「……す、すみません」

泣きじゃくる楓を前にそう言うしかなく、シュン……、と肩を落とした。

「ったく、何回泣かせりゃ気が済むんだ？　子供はな、敏感なんだよ。顔だけ笑顔を作っても通じねーの。何回言ったらわかるんだ？」

まるで姑《しゅうと》が嫁をいびるようにねちねちと言ってくれる陸に、返す言葉はない。楓は陸に抱かれてなんとか涙を止めたが、相沢のことをかなり警戒している。しかしここで諦めてはなるものかと、努めて明るい笑顔を心がけて楓に話しかける。

「あ、あとでおじさんとケーキ食べようね～」

笑顔で言ったつもりだが、楓はまたもや目を丸くしたかと思うと、ひくっと嗚咽《おえつ》を漏らし、陸に抱きついた。

「わ――――――ん！」

泣き声が、家中に響き渡る。

「てめぇ、わざとやってんな」

「どうした～？」

騒ぎを聞きつけた一郎が、頭をぼりぼりと掻《か》きながらのほほんとした態度で出てくる。

「なんだ。また泣かしやがったのか？　ほら、楓。こっちに来い」

一郎は陸の手から楓を受け取ると、高い高いをして唇にぶちゅーっとキスをした。すると今まで泣いていたのが嘘のように、きゃっきゃと笑い出す。

「さー、可愛い顔も見られたことだし、さっそく落ちこぼれの生徒のために稽古《けいこ》を始めるか」

楓を陸に戻し、相沢を部屋へ誘う。

「落ちこぼれで悪かったですね」

「ま。デキの悪い子ほど可愛いって言うからな」

まるっきり子供扱いしてくれる一郎に、相沢は恨めしげな視線を送らずにはいられなかった。


デキの悪い子ほど可愛いって言うからな。

自分の部屋で字の練習をしていた相沢は、一郎に言われた言葉を思い出していた。

あれから二時間ほど習字の稽古をし、夕飯をご馳走《ちそう》になった相沢は自宅に戻ってもこうして筆を握っている。しかも、ネクタイとワイシャツは身につけたままだ。忘れないうちにもう一度復習しておこうと思ってのことだ。

しかし、ある疑問が湧き上がり、相沢はふと筆を止めた。

(俺と子供とどう違うんだ……?)

一郎は楓にだけではなく、長男の陸にまでマウス・トゥ・マウスでキスをする。プロレスの技の一つではあるが、二十歳目前の息子の唇を平気で奪うような男だ。相沢に対する気持ちが子供に対するそれと同じもので、勘違いしているだけのように思えてきた。

「あーっ。もう!」

心の乱れが出てしまったのか、いつも以上にデキの悪い字を見て、とうとう筆を放り投げる。

何度練習しても上手くならない。子供の相手もできない。こんなにできないづくしなのは初めてで、何もかもが嫌になってくるのだ。

しかし、すっきりしたのは一瞬のことで、大人げなく癇癪《かんしゃく》を起こしたことに深く落ち込んだ。

俺は何をやってるんだ……、と肩を落として転がっている筆を拾い、掃除を始める。床を綺麗《きれい》にし、丸めた習字紙をクズ籠《かご》に放り込んだところでチャイムが鳴った。

急いで出ると、一時間半ほど前に別れた一郎が立っているではないか。

「よぉ。入るぞ」

一郎は、相沢の返事など待たずに勝手に部屋に上がり込んできた。そしてクズ籠いっぱいの習字紙を見て、呆《あき》れた顔をする。

「なんだ。また字の稽古をしてたのか。そのわりに上達しねぇなぁ」

「どうせ俺なんか落ちこぼれのできそこないですよ」

「どうした？　ガキみたいにいじけやがって」

「どうせ子供ですよ」

自分でも驚くほどイジケ根性丸出しだ。いつもは理性で抑えるのに、今日はそれができない。

「あなただってそう思ってるでしょ。大体ね、あなたの俺に対する態度って自分の子供たちと接する時と同じですよ。俺のことも子供の一人みたいに思ってるんじゃないですか」

一郎は、癇癪を起こして文句を言う相沢に驚いた顔をしたが、それはすぐに嬉しそうな笑みに変わる。そんな大人な態度がますます気に喰わない。

「なんですか！」

「わかってねぇなぁ。そうやってヒステリー起こすのは、俺にメロメロに惚《ほ》れてるからか？」

「そんなわけないでしょう！　ヒステリーで悪かったですね！」

「子供にヤキモチか。可愛いじゃねぇか」

どんなに怒っても笑っている一郎に腹を立てるが、同時にその笑顔に魅《み》せられていたのも事実だ。一郎の視線を浴びていると、胸が熱くなる。

「別にヤキモチなんか……、——ぁ……っ、……ちょと……、何やって……、ぁ……っ」

あっという間にソファーに押し倒され、いとも簡単に組み敷かれた。

「なななななんですか……っ」

「わかってねぇなぁ。普通、自分の子供にこんなことするか？」

「……っ。あの……っ、……ちょ……、……っ、……ぁ」

一郎の手がワイシャツの中に忍び込んできて、弱い部分を優しく攻め始める。敏感な躰《からだ》はすぐに反応し、一郎の求めに応《こた》えようとしていた。流されるものかと思っても、どうにもならない。

「俺は自分の子供とセックスしたいと思ったことはねぇぞ。だが、あんたとはいつでもしたい」

「何言って……っ、……んぁ、……ぁ、……ちょっと待……っ」

「ほら、もうこんなだ。見えねぇだろうが、あんたが欲しくて雫《しずく》を垂らしてやがる」

腰を押しつけられ、相沢は目許を染めた。一郎の中心が硬くそそり勃っているのがわかり、恥ずかしげもなくこんなふうに求めてくる男に羞恥を煽《あお》られる。

「こいつを握って欲しいって思うのは、あんただけだ。握って、しゃぶって、弄《もてあそ》んで欲しいよ」

「な、何を……、言う……ん」

「なぁ、握ってくれよ」

変態じみた言葉に、相沢の心は蕩《とろ》けた。好きな男にこんなふうにねだられたら断ることなどできない。怒っていた気持ちは完全に消滅し、今はただ好きだという気持ちばかりが膨《ふく》れ上がる。

「ほら」

もう一度催促《さいそく》され、おずおずと手を伸ばしてズボンの中に手を入れた。握ると、その逞《たくま》しさに目眩《めまい》を覚え、欲しくなる。この逞しい男根で自分を貫いて欲しいと……。

「……っ、……気持ちいいぞ。そのまま握ってろ」

言いながら相沢のネクタイを緩め、ワイシャツのボタンを外す一郎に相沢も応えた。さらにスラックスを脱がされると、外気に晒《さら》された肌はますます敏感になる。

「ぁあっ」

「わかったか？　俺が、特別に思ってるってことが」

「わか……っ、——ぁ……っ！」

後ろの蕾《つぼみ》を探られると、相沢は息をつめた。いつの間に用意したのか、一郎は軟膏《なんこう》を指に塗り、滑《すべ》りのよくなったそれで秘部をマッサージする。

「ぁ……っ、はぁ、あっ」

「俺の家じゃあ、こんなことはできねぇからな。ずっと我慢してたんだぞ」

指はじわじわと蕾の中に入り込んできて、相沢を責めた。まるで一郎の気持ちに鈍感な男におしおきをするように、もどかしい動きで翻弄《ほんろう》してくれるのだ。

「はぁ……っ、……ぁ……っく、……ぅ……っく」

「固いな。しばらくしねぇうちに、また処女に戻りやがったか」

「変な、こと……言わ、な……っ、――んぁぁああ……っ」

指を奥まで挿入されると、躰を小さく震わせて甘い声をあげた。

指が出し入れされるたびに、疼《うず》きに見舞われる。もっと……、と願ってしまう浅ましい自分を抑えることができず、一郎の指に意識を集中させた。

「一郎、さ……、……んぁ、んぁっ、……んぁあ」

「下のお口で俺をしゃぶってくれるか?」

わざと聞いてみせる意地悪な男を恨めしく思うが、あてがわれただけでそのことしか考えられなくなり、背中に腕を回して態度で求めた。

早く引き裂いて欲しい。

「どうした? ちゃんと言わなきゃわかんねぇぞ」

「早、く……っ、……早く……っ、んぁ、あ、――ぁぁあああ……っ!」

いきなり奥まで深々と収められ、躰を反り返らせて根本まで一郎を呑み込んだ。繋《つな》がった部分が、火傷《やけど》しそうなほど熱い。

うっすらと目を開けると、一郎は優しげに笑っていた。見ているだけで蕩けそうな表情だ。

「あんたの口からそんな言葉が出るなんてな」

「んぁ……、……はぁ、――あ!」

一度、ずるりと引きずり出され、再び最奥まで収められる。

「これでも、俺の子供と同じ扱いか？」

揶揄《やゆ》の混じった言葉に、自分がとてつもない思い違いをしていたことを知った。子供扱いされることはあっても、ちゃんと恋人なのだと信じられる。

（もう、あなたの気持ちは、わかりましたよ）

言葉にせずとも相沢の心の声は届いたのか、一郎は軽く笑うと相沢の尻を強く摑んだ。

「わかればいいんだよ」

「んぁ、ぁ、ああ、ぁあああっ！」

いきなりリズミカルな動きになり、あまりの快感に夢中で一郎にしがみついた。声を押し殺すこともできず、無意識に背中に爪を立ててしまう。

その日、相沢は長い時間をかけて自分に対する一郎の想いを見せつけられるのだった。

こんにちは。もしくははじめまして。あとがきが苦手な中原一也です。

BL本に必ずついてくるのがあとがきです。今回もやって参りました。どうしましょう。先日、別の出版社で出して頂いた文庫でやった荒業でもやってみますか。

よっ。

はっ。

あいーん。

だっふんだ！

こうやって行数を稼いでなんとか凌ぎました。

この作品はスピンオフで、もともとは「あばずれ」というお話があります。ノベルズも出して頂いているのでぜひ読んでください。

あ、そうか。宣伝をすればよかったのだ。「あばずれ」は長男の話です。惣流家から二人もホモが出てしまいました。一体どうすれば……。

今回の挿絵は和鐵屋匠先生が担当してくださいましたが、オヤジが特に格好良いですね。先生、素敵なイラストをありがとうございます。

そして担当様。いつもご指導ありがとうございます。これからも宜しくお願いします。

それから読者様。こんな変なあとがきまで読んでくださりありがとうございます。また別の話でお会いできれば幸いです。

中原　一也

◆初出一覧◆

うそつき　　　／小説b-Boy（'09年1月号）掲載
ろくでなし　　／小説b-Boy（'09年6月号）掲載
おちこぼれ　　／書き下ろし

恋愛度100％のボーイズラブ小説雑誌!!
イラスト／佐々成美
イラスト／稲荷家房之介
多彩な作家陣の
豪華新作!!
読み切り満載♥
ノベルズの人気シリーズ
最新作も登場!!
イラスト／明神 翼
人気ノベルズの
お楽しみ企画も満載♥
絢爛ピンナップ&
限定スペシャルしおり
&コミック
イラスト／蓮川 愛
小説
ビーボーイ
b-Boy
毎月
14日
発売
Libre
毎月のラインナップは、HP／モバイルでチェックしてね♥
A5サイズ

ビーボーイノベルズをお買い上げいただきありがとうございます。
この本を読んでのご意見・ご感想をお待ちしております。

〒162-0825 東京都新宿区神楽坂6-46
ローベル神楽坂ビル4階
リブレ出版㈱内 編集部

リブレ出版ビーボーイ編集部公式サイト「b-boyWEB」と携帯サイト「b-boyモバイル」でアンケートを受け付けております。各サイトにアクセスし、TOPページの「アンケート」から該当アンケートを選択してください。(以下のパスワードの入力が必要です。)
ご協力お待ちしております。

b-boyWEB　http://www.b-boy.jp
b-boyモバイル　http://www.bboymobile.net/
(i-mode, EZweb, Yahoo!ケータイ対応)

ノベルズパスワード
2580

B•BOY NOVELS

ろくでなし

2010年5月20日 第1刷発行

著者――中原一也

発行者――牧 歳子
発行所――リブレ出版 株式会社
〒162-0825
東京都新宿区神楽坂6-46ローベル神楽坂ビル6F
営業 電話03(3235)7405 FAX03(3235)0342
編集 電話03(3235)0317
印刷・製本――凸版印刷株式会社

ISBN 978-4-86263-772-7